KB009175

DREAMBOOKS

DREAMBOOKS★

DREAMBOOKS

DREAMBOOKS

강령술사

FUSION FANTASY STORY & ADVENTURE

정은호 퓨전판타지 장편소설

dream books
드림북스

강령술사 3

초판 1쇄 인쇄 2015년 4월 20일
초판 1쇄 발행 2015년 4월 27일

지은이 정은호
발행인 오영배
책임편집 편집부

펴낸곳 (주)삼양출판사 · 드림북스
주소 서울시 강북구 도봉로 173
대표 전화 02-980-2112 **팩스** 02-983-0660
출판등록 1999년 3월 11일 제9-00046호

© 정은호, 2015

ISBN 979-11-313-0316-0 (04810) / 979-11-313-0313-9 (세트)

+ (주)삼양출판사 · 드림북스의 서면 허락 없이는 어떠한 형태나 수단으로도 이 책의 내용을 이용하지 못합니다.
+ 지은이와 협의하에 인지는 생략합니다. 잘못된 책은 구입한 곳에서 바꾸어 드립니다.
+ 이 도서의 국립중앙도서관 출판시도서목록(CIP)은 서지정보유통지원시스템홈페이지(http://seoji.nl.go.kr)와
  국가자료공동목록시스템(http://www.nl.go.kr/kolisnet)에서 이용하실 수 있습니다.

드림북스는 (주)삼양출판사의 판타지 · 무협 문학 브랜드입니다.

강령술사

3

FUSION FANTASY STORY & ADVENTURE

정은호 퓨전판타지 장편소설

dream
books
드림북스

목차

Chapter 1
영혼들과의 대화

"크으."

청년은 이를 악물며 자신의 손을 바라봤다.

흰색인 것 같기도 하고, 푸른색인 것 같기도 한 털이 그의 팔 전체에 돋아나 있었다. 손바닥은 2배는 컸으며 손가락 역시 마찬가지. 손톱은 흑요석으로 만든 것처럼 시커멓다.

인간의 손이 아니었다.

그리고 아마, 이 손은 다시금 원래대로 돌아오지 않을 것이 분명했다.

"으으으음."

청년은 자신의 오른손을 바라보며 고개를 갸웃했다. 진짜 이것이 내 손이 맞을까? 분명 자신의 손임에도 불구하고 상당히 낯선 것이 그곳에 있었다. 심지어 자신의 생각대로 움직이기도 하는데 말이다.

"이건 대체 뭐지."

그 말에, 옆에 있던 테카르탄이 특유의 무표정을 고수하며 말을 이어 갔다.

"보옥에게 먹힌 부분입니다."

"사령의 보옥에게, 먹힌 거라고?"

"그렇습니다. 정확히는 보옥에 갇혀 있는 터줏대감에게 몸이 잠식당하신 겁니다."

"그런 것치곤 몸 성능이 더 좋아 보이는데?"

그리 말하며, 쓰러져 있던 청년이 벌떡 일어났다.

마치 시원한 바람에 잠든 후 일어나는 나그네 같은 모양새다.

하지만 일어난 청년은 휘청거리며 다시금 주저앉았다.

털썩.

"뭐야. 아무렇지도 않은데, 내가 왜…… 어라?"

털썩.

다시금 일어서려다 실패한 청년이 이를 악물었다.

테카르탄은 여전히 무표정한 얼굴로 말을 이어 갔다.

"힘이 전부 소진된 겁니다."

"이렇게 힘이 넘쳐 나는데? 이건 도대체 무슨 현상이지?"

"감각의 괴리현상입니다. 조금 전, 녀석에게 잠식당하여 모든 힘을 사용하신 대가라고 할 수 있겠군요. 더는 몸을 움직이지 못하십니다."

"그럼. 저 녀석은 어떻게 해야 하나."

청년이 한숨을 내쉬며 눈앞의 참상을 바라봤다.

그곳엔 천 단위의 시체들이 널브러져 있었고 그 중심에 인간 같지도 않은 무언가가 우뚝 선 채 청년과 테카르탄을 노려보고 있었다.

불처럼 타오르는 붉은색 눈동자.

그 눈동자는 분명 죽음을 말하고 있었다.

그것도 청년의 죽음이다.

청년이 이죽거렸다.

"지금 내가 저 녀석을 이길 확률은?"

메마른 음성이 토해졌다.

"십 중 무."

"네가 이길 확률은?"

"십 중 십."

"나를 도와줄 확률은?"

"십 중 무."

"무리해서 내가 저 녀석에게 덤벼들면 네가 나를 구할 확률은?"

"십 중 십입니다. 하지만 당신이 움직일 수 있는 확률은 십 중 무입니다."

[크르르르르르]

눈앞의 인간 같지도 않은 녀석이 씨익 웃는다.

도발이다. 아니, 그것을 뛰어넘은 무언가가 있었다.

테카르탄이 판단하기에, 그것은 즐거움이었다.

"일단 자리를 옮깁니다. 이러다간 쓸데없이 검을 들게 됩니다."

"천하의 테카르탄도 싸움을 피하나?"

어쭙잖은 도발에도 테카르탄은 얼굴색 하나 변하지 않았다.

"당신이 죽여야 가치가 있는 상대이고, 지금 당신은 죽이지 못하니까요."

"으아아아! 난 지금껏 나에게 저딴 눈빛을 보낸 상대를 죽이지 않은 적이 없다고오오오!"

"뭐든지 처음이 있는 법입니다."

[크러러어어어엉!]

상대는 포효만 내뿜을 뿐, 달려들지 못했다.

"게다가 상대 역시 반파 상태입니다. 이 정도면 잘하신 겁니다."

테카르탄을 경계하는 탓도 있었지만, 자신의 몸이 성치 않음을 알고 있는 아주 슬기로운 대처라고 할 수 있겠다.

왜냐하면, 눈앞의 상대방은 청년과의 전투로 인해 양팔을 축 늘어뜨리고 있었으니 말이다.

더군다나 배는 크게 찢어져 피가 뚝뚝 떨어지고 있었다.

말 그대로 반파상태인 것이다.

"몸을 회복하고 다시 돌아오지요. 당신의 몸이 먹혔다는 사실이 아쉽지만, 덕분에 당신은 강해졌으니 다음엔 반드시 죽일 수 있습니다."

테카르탄은 그 말을 끝으로 청년을 어깨에 들쳐 멘 후 저벅저벅 걸어갔다.

그 앞에서, 반파된 상대는 붉은 눈으로 그런 청년을 노려보고 있었다.

저벅. 저벅.

청년 일행이 사라진 걸 확인한 그가 뒤돌아서 자신이 있어야 할 곳으로 되돌아간다.

그에게도 회복의 시간이 필요했다.

자신만의 영지.

덤컨 남작령을 향해.

* * *

"흐음······."

경식은 자신의 오른팔에 끼워진 팔찌를 바라보며 고개를 갸웃거릴 수밖에 없었다.

"도대체 이거 어떻게 사용하는 거지?"

그 말에, 고압적인 여성의 목소리가 들려 왔다.

"그것을 가르침 받으러 날 찾아온 것이 아니더냐."

"으음. 그렇긴 하지?"

경식이 그리 말하며 뒷머리를 긁적였다. 에리카가 그것을 보며 못마땅하다는 듯 콧방귀를 뀌었다.

"흥. 필요할 때만 나를 찾는구나!"

"당연한 거잖아? 뭐 우리가 친한 것도 아니고 말이야."

"헛!"

너무 맞는 말이라 에리카는 그만 할 말을 잃었다. 사실 경식이 그녀를 신경 써 줄 이유는 크게 없었다.

소울메이트. 그것은 몹시 가깝고 좋은 사이인 것처럼 보일 수도 있지만, 경식의 생각은 달랐다. 그에게 있어서 소울메이트란, 잘 살고 있던 자신을 다른 세상으로 무작정 끌고 온 앙숙과 다를 바가 없었던 것이다.

'나, 나는 이렇게 바깥세상으로 나오는 게 좋은데······.'

에리카는 현재 차가운 용액 속에 들어가 있는 신세다. 그

속에서 정신을 잃지도 못한 채 살아가는 것은 상당히 고된 일이다. 그래서 그녀는 경식과 이야기하는 이 시간이 유일한 낙이기도 했다.

그런데 상대방은 그리 여기지 않고, 그 생각에 화를 낼 수 없는 상황이니 조금 섭섭하긴 하다.

하지만 뭐, 어쩌랴.

"그저 그런 것을."

에리카는 한숨을 푹 내쉰 후, 고개를 들어 올리며 방긋 웃었다.

"그래. 사령의 팔찌는 얻었느냐?"

"당연하지!"

경식이 그리 말하며 팔찌를 들어 올려 보인다. 우주를 담은 듯한 오묘한 색깔의 반투명한 팔찌가 그의 손에서 반짝거리고 있다.

에리카는 만족스럽게 웃었다.

"그 팔찌의 사용법은 참으로 간단하다. 원리만 알면 재미있게 풀어나갈 수 있지."

그러면서 에리카는 팔찌의 사용법에 대해서 설명하기 시작했다. 하지만 그것을 들으며 열의에 반짝이던 경식의 눈은, 점차 경악으로 물들어 갔다.

"억지로 영혼들의 힘을 뽑아내서 합쳐 사용할 수 있다고?"

"그렇다. 녀석들은 결단코 혼자서만 놀려는 기질이 다분하다. 하지만 그들이 힘을 합치면 더욱 큰 시너지를 발휘하지. 그렇기 때문에 억지로……."

　　"야! 그 녀석들이 무슨 죄수도 아니고. 꼭 그렇게 억지로 해야겠냐?"

　　"뭐, 뭐야? 왜 나에게 화를 내느냐?"

　　에리카는 어이가 없었다. 저 녀석은 항상 이런 식이다.

　　뭔가를 가르쳐 주려고 하면 마치 자신을 야만인 취급하며 정색을 하고는 했다.

　　아니 내가 뭘 어쨌다고?

　　그저 천 년 역사를 자랑하는 에리오르슈 가문에서 내려오는 방법을 그대로 가르쳐 주고 있을 뿐인데!

　　"도대체 뭐가 잘못됐다는 것이냐!"

　　"야! 무슨 내가 누에도 아니고, 억지로 힘을 끌어다가 누에실 꼬듯이 꼬아야겠어?"

　　"그게 녀석들을 다루는 방법이라고 하지 않았느냐! 자! 이리 오거라. 내가 사용하는 방법을 직접……."

　　에리카가 한 발자국 다가오자, 경식이 소스라치게 놀라며 두 발자국 물러났다.

　　"뭐, 뭐야! 또 내 머리통에 직접 뭔가를 주입하려고 그러지?"

"이게 가장 확실한 방법이니라!"

"난 그 방법을 따르고 싶지 않아!"

그 어린아이 같은 말에, 에리카는 한숨을 내쉴 수밖에 없었다.

"정말 고집불통이로구나."

"고집불통이라고 말해도 좋아. 하지만 적어도 내가 겪고 있는 녀석들은, 그렇게 억지로 부리지 않아도 알아서 힘을 나눠주는 착한 녀석들이니까. 너의 말은 조언으로만 듣도록 하겠어."

말을 하고 있는 경식의 몸이 점점 투명해지기 시작했다.

에리카와 경식이 만나 이야기하는 전용 공간. 이 대화방(?)에서 나가려는 것이었다.

에리카는 한숨을 푹 내쉬며 말한다.

"슈아가 합류했더군."

경식의 몸은 반투명한 상태에서 더 이상 진행되지 않았다. 슈아의 이야기가 나와 신경이 쓰인 탓이다.

"응. 그 녀석 때문에 제이크가 되게 곤욕스러워하고 있지."

"그 녀석에게 잘해 주어라. 나와는 친자매 같던 녀석이니라."

"으음."

"겉으론 틱틱대고 이성적인 척하지만, 속은 무척 여린 아이이다. 모두를 위할 줄도 아는 멋진 여성이니라."

경식의 표정이 의외롭게 변했다.

"너, 그런 따듯한 말도 할 줄 알았어?"

에리카의 볼이 붉게 물들었다.

"흐, 흥! 나는 사람이 아닌 줄 아느냐! 영혼들에게만 박할 뿐. 나 또한 누구에게 민폐 끼치지 않고 항상 살아왔다. 오히려 덕을 베풀던 쪽이지. 그리고 다시 한 번 말하지만, 너는 나에게 다시금 찾아오게 될 게다. 사령의 팔찌는 차고 있는 것만으로도 좋지만, 사용법을 제대로 알면 왜 내가 그토록 찾으라 했는지…… 어휴."

경식은 이미 사라지고 없었다.

그가 사라진 자리를 바라보며, 에리카는 다시 한 번 한숨을 푹 내쉬었다.

"고집불통 같으니라고……."

처음엔 에리카도 영혼을 사람처럼 대할 때가 있었다. 그리고 어느 정도 영혼들이 에리카에게 친구로서 힘을 빌려주기도 했다.

"하지만 결과는 언제나 배신이었다."

그것을 알고, 슬퍼했었다.

그것을 경식도 느낄 것이다. 자신의 소울메이트이니 만큼, 그런 과정을 벗어나지 않을 수 없을 것이다.

운명공동체라는 것은, 그런 운명 역시 공유하는 법일 테니 말이다.

"언제고 그런 일로 찾아오면, 적당히 혼내다가 가르쳐 주마. 어리석은 나의 운명 공동체여……."

에리카는 웃었다.

그래도 경식은 지금껏 잘 해내 주고 있었다.

$$* \quad * \quad *$$

경식이 씩 웃으며 손을 흔들어 보였다.

"여! 나 왔어!"

그 말에, 회색 바람과 붉은 어금니는 다른 반응을 보였다.

"취익! 왜 왔나. 내가 반가워할 줄 알았나! 취익!"

"톨톨톨톨. 안 그래도 네 이야. 기를 하고 있었. 다."

"응? 내 이야기?"

경식은 묘한 눈초리로 회색 바람을 째려봤다. 자신의 이야기를 하고 있었으면서 왔다고 반가워하지 않을 수 있나?

물론 그럴 수도 있겠다.

하지만 회색 바람은 꿀 먹은 벙어리처럼 아무 말도 없었다.

"흥! 취익!"

"으음."

경식은 현실 세계에서나 자신의 마음 세계에서나, 겉으로는 흥흥거리면서 속으로는 해룽해룽거리는 녀석들이 많다고 생각했다.

"이걸 뭐라고 해야 하나. 흥해룽? 이라고 해야 하나?"

츤데레라는 말이 있긴 했지만 이것은 일본에서 파생된 말이기 때문에, 대한민국 국민으로서 다른 말이 필요했던 것이다.

그래서 이제부터 경식은 츤데레들을 흥해룽이라고 부르기로 했다.

"너나, 구미호나, 심지어 에리카까지 다 흥해룽들이야."

"취익! 그게 무슨 소리인가? 왜 무슨 소리인지도 모르겠는데 기분이 나쁜가! 취익!"

경식은 그런 회색 바람의 말에 피식 웃으며 고개를 끄덕여주었다.

"난 너의 그런 억지로라도 라임을 맞추려는 노력을 높게 보고 있어."

물론 회색 바람은 이번에도 흥흥거리며 자신이 흥해룽 유형의 캐릭터임을 어필하고 있었지만 말이다.

그리고 흥해룽에서 해룽해룽 캐릭터가 되어 버린 붉은 어금니는 피식 웃으며 그런 모습을 그윽하게 지켜보았다.

"그래서. 무슨. 일인가."

"무슨 일이긴. 너희 얼굴 보려고 왔지!"

경식이 씩 웃으며 오른손을 흔들어 보였다. 팔찌가 경식의 팔뚝보다 조금 크고, 그렇다고 손을 통해서 빠져나올 정도는 아닌지라 팔뚝에서 빙글빙글 돈다.

"나, 새로운 팔찌 생겼어."

"……그것. 은……!"

그것을 확인한 붉은 어금니가 흠칫 놀라며 뒤로 물러났다.

그것을 보며, 경식은 한숨부터 내쉬었다.

회색 바람은 잘 모르겠지만, 원래부터 이곳에 갇혀 있던 붉은 어금니는 자신의 팔찌가 무엇인지 잘 알고 있을 것이다.

사령의 팔찌.

에리카의 말을 들어보면, 이 사령의 팔찌는 영혼들을 구속 하고, 힘을 억지로 끌어다가 합치는 데에 사용했다고 한다.

그리고 그 방식은 에리카의 설명을 자세히 듣지 않아도 엄 청 잔혹하고 비인도적이었으리라.

그리고 붉은 어금니의 반응에, 회색 바람 역시 눈치가 있어 서인지 뒤로 물러나며 더욱 경식을 경계하기 시작했다.

"취익! 그것으로 무엇을. 하려는 것인지! 취이익!"

"아니 뭐……."

"에리카.를. 그 불쌍한. 아이를 만나고 왔. 나 보군."

'불쌍한 아이?'

다른 이는 몰라도 붉은 어금니는 에리카에게 당한 게 많을 것 같은데, 저렇게 불쌍한 아이라고 말하는 게 좀 의외다 싶다.

그것을 물어볼까 하다가, 경식은 자신이 온 목적을 자각하고 말을 이어 갔다.

"응. 만나고 왔지."

"거기서. 무엇을 배워. 왔는지 알 것 같다."

붉은 어금니는 짐짓 포기하는 식으로 한숨을 푹 내쉰다. 그리고 무슨 말을 이어가려고 한다.

그 말을 경식이 가로챘다.

"아니. 가르쳐 준다고는 했는데, 배우지 않았어. 어떤 것인지 대충 짐작이 갔거든. 그런 걸 배워서 뭐해? 난 너희에게 그런 비인도적인 방법을 안 쓰고 싶은데 말이야."

경식이 그런 말을 하며 털썩 주저앉았다.

"다시 말하지만, 난 너희랑 친해지고 싶어. 그것뿐이지."

그리 말하며 회색 바람과 붉은 어금니의 둥지(?)를 바라봤다.

회색 바람의 둥지는 경식이 만들어 준 통나무집이었는데, 그 통나무집 사이에 벌레들이 기어 다니는 것이 보였다.

경식은 약간 놀랐다.

"뭐야. 내 마음속에 있는 세계인데도 저렇게 벌레들이 꼬이고 그러는 건가? 관리를 안 해서 그런 거야?"

"취이익! 밤마다. 벌레한테 물린다. 취익!"

"능력을 사용하면 되잖아? 너 껍질 겁내 딱딱한 걸 내가 아는데?"

그 말을 붉은 어금니가 받는다.

"그것이랑 관. 계가 없다. 이곳. 에서는 네가 왕. 이다. 너의 공간. 이기 때문이고 우리는 그곳. 에 있을 뿐이지."

"으음. 내가 관리해 주지 않으면 점점 너희들의 터전이 망가진다는 이야기로군?"

그래도 다행이라고 생각했다.

녀석들에게, 해 줄 것이 많이 생길 것 같았다.

"그럼 벌레들을 쫓아주면 되는 거잖아?"

그리 말하며, 경식은 눈에 힘을 주고 회색 바람의 터전을. 그 통나무집 주변을 기어 다니는 벌레들을 보았다.

그리고 '죽인다'는 명령을 내렸다.

물론 그 명령이 받아들여지진 않았지만 말이다.

그것을 보며 붉은 어금니가 피식 웃었다.

"톨톨톨. 네 공간. 이라고 해서 네가. 알아서 할. 수 있는 것은. 아니다."

이곳은 경식의 공간이 맞다. 그러니 경식이 마음대로 할 수 있어야 정상이다.

하지만 그런 식으로 따지면 심장도 경식의 것이니 심장이 뛰는 속도나 힘도 조절할 수 있어야 한다. 멈추고 싶을 땐 멈출 수 있어야 한다.

하지만 그럴 수 없지 않은가?

물론 심장을 예로 든 것은 좀 어폐가 있다.

왜냐면 노력 여하에 따라서 마음대로 할 수 있긴 하기 때문이다.

"으음. 게임으로 따지면 명령어에 도달할 권한이 아직 없다는 건가?"

경식이 생활하는 '의식' 세계와 경식의 내면에 있는 '무의식' 세계는 엄연히 다른 것이다.

접근할 순 있지만 지배하려면 시간이 필요한 것이고, 그러려면 영혼이 성장해야 한다.

즉, 경식의 경지가 높아질수록 그의 정신력도 높아지고, 의식이 무의식을 지배하는 권한 역시 높아진다는 것이다.

그러니 경식은 지금 당장 벌레들을 '삭제' 시킬 수는 없었다.

"하지만 죽일 수 있는 아이템은 만들 수 있겠지."

그런 말을 하며 벌떡 일어난다.

지레짐작한 회색 바람이 눈을 부릅뜨며 고개를 저었다.

"취이익! 불을 피우지 말길! 나. 코가 민감하니 그러지 말라! 취이익!"

"당황하면 항상 라임이 이상해 너는. 그런 일 없을 거다."

그리 말하며 경식이 손을 번쩍 들어 올렸다.

그러자, 그곳에서 이상한 것이 생성되었다.

그것은 기다란 깡통이었다.

"흐음. 상상한 대로 만들어졌으려나 모르겠네."

경식이 그것의 꼭지 부분에 있는 스위치를 눌러 보았다.

치이이이이익.

뭔가가 그곳에서 분사된다.

그렇다.

경식이 만들어 낸 것은 대한민국 여름에 없어선 안 될 물건.

살충제였던 것이었던 것이었다!

그것을 만들어 낸 경식조차 약간은 놀랐다.

"우와…… 그립네. 이거 여름에 애용하다가 내용물 다 떨어져서 밤에 쓰지도 못하고…… 아침에 눈꺼풀에 물려서 한동안 고생한 적 있었는데……."

"무슨. 소리를 하는. 것이고. 그것은 도대체 무. 엇에 쓰는 물. 건인가?"

"훗! 이렇게 쓰는 물건이지!"

경식이 씩 웃으며 살충제를 들었다.

그리고 때마침 주위를 날아다니는 벌레를 향해 뿌렸다.

치이이익!

벌레가 그것에 맞고 바로 떨어져 파들거리더니 그 파들거림마저 멈췄다.

절명한 것이다.

"취, 취이이익! 그, 그것이. 무엇이냐 취익!"

경식이 씩 웃는다.

"뭐긴 뭐야? 너에게 줄 희대의 아티팩트지. 모든 벌레들은 이것이면 끝이야."

"취, 취익! 저, 정말인가! 취익!"

"너에겐 좀 더 큰 게 필요하겠지?"

경식이 눈을 감고 중얼거리자, 살충제가 회색 바람의 손에 착 들어갈 만큼 거대해졌다.

"너무 많이 쓰진 말고. 아마 무한하진 않을 것 같은데."

경식이 아는 살충제의 모습을 그대로 띤 눈앞의 것은, 경식이 아는 한도 내의 모든 것이 가능할 것이다.

하지만 역설하자면, 경식이 모르는 현상은 이것에서 일어나지 않는다.

즉, 무한정 사용할 수 있는 살충제는 경식의 상식상 만들 수가 없는 것이다.

그런 것을 만들려면 경식의 영혼이 더욱 성장하여 더욱 상위의 명령어를 입력할 수 있어야 한다.

모방이 아니라 창조를 할 수 있어야 한다는 것이다.

"취, 취익. 따, 딱히…… 너에게 고맙게 생각하진 않는다!"

"허이구, 그러세요."

겉으론 흥흥거려도 속으로는 해롱거리는 것을 알기에, 경식은 빙긋 웃으며 회색 바람에게 살충제를 건네주었다.

그러자 회색 바람은 전혀 신경 쓰지 않는 척하면서, 주변에 날아다니는 벌레에게 살충제를 쏘아보았다.

벌레가 죽는다.

그의 회색 피부가 약간 발그레해진 것 같다.

신기한 모양이다.

"톨톨톨톨. 좋아. 죽는군."

붉은 어금니가 그리 말하며 빙긋 웃는데, 그에게도 무언가가 건네졌다.

그것은 또 다른 살충제였다.

"이건 네 거야."

"호오. 나에게도. 주는 것인가?"

"한 개만 주면 싸울 것 같아서."

"잘. 알고. 있군……."

"그리고……."

경식이 눈을 감고 붉은 어금니가 살고 있는 둥지에 손을 뻗었다.

그러자 둥지 주변에 붉은 어금니가 들어가서 몸을 뉘일 순 있을 정도는 되는 대지가 색깔이 변색되면서 축 늘어졌다.

늪이 형성된 것이다.

"토올. 톨톨톨. 고맙군."

"내가 더 고맙지. 나중엔 더 크게 만들어 줄게. 지금은 그게 한계야."

그때, 주변에서 울리는 듯한 소리가 들렸다. 아니, 누군가가 웅얼거리는 소리다.

일어나십쇼. 수련 시간입니다. 일어나십쇼!

아아, 아무래도 제이크가 경식을 깨우고 있는 모양이었다.

경식은 아쉬운 듯 둘에게 손을 흔들어 보였다.

"둘이 싸우지 마, 알았지? 좀 더 친하게 지냈으면…… 아!"

경식이 탄성을 내지르며 눈을 감고 뭐라고 중얼거렸다.

그러자 가로세로 길이가 2미터는 되어 보이는 상 하나가 만들어졌다. 높이 역시 3미터 정도는 되는 거대한 나무 상이었다.

그리고 그 위에는 수 없이 많은 빗금이 그려져 있는데, 그것은 대한민국에서 자주 애용하는 '바둑판'이라는 것이었다.

그리고 그 위에는 백색 돌과 흑색 돌이 정연하게 놓여 있었다.

"자! 이것으로 너희끼리 잘 놀아 보라고! 할 수 있는 건 많은데, 하나만 가르쳐 주자면……."

경식은 시간이 없는 관계로, 최대한 빠르게 룰을 설명했다.

바로, 돌을 어떻게든 일렬로 5개를 쌓으면 이기는 게임인 오목이었다.

"이거 하면서 놀아! 둘이 재밌겠네, 아주!"

"흥! 무슨 게임인지. 모른다. 그리고 저런 녀석이랑. 안 한다! 취이이익!"

"나 역시. 동감……톨톨. 가 버렸군."

경식은 이미 사라지고 없었다.

"……."

"……."

경식이 사라지자, 둘 사이에는 다시금 말이 없게 되었다. 하지만 둘의 시선은 어느 한 곳을 올려다보고 있었다.

경식이 사라진 자리를 보는 게 아니었다.

좀 더 위.

어느 날 갑자기 생겨난, 검은 구멍을 바라보고 있었다.

그 검은 구멍은 지름이 10미터는 되어 보였는데, 그곳으로 들어가면 다른 세상이 나올 것만 같았다.

회색 바람은 저것이 무엇인지 모르겠지만, 붉은 어금니는 알고 있다.

하늘에 뚫린 구멍이 무엇을 하는 곳인지 말이다.

"아직. 때가 아니지. 톨톨톨."

그러나, 경식에게는 아직 가르쳐 주지 않기로 했다. 현재 그의 소울에너지 운용능력으로는, 방법을 모르면 사용할 수 없을 테니까.

"배우지. 않았다니…… 톨톨. 저것을 어떻게. 사용할지 궁금. 하군."

붉은 어금니는 빙긋 웃었다.

"취익! 오렌지. 향기가 난다. 좋다! 좋다아아아! 취이이익!"

치이이이익!

물론 회색 바람은 옆에서 실실 웃으며 살충제로 벌레들을 잡고 있었고 말이다.

Chapter 2
쫓기는 일상

"일어나셨군요! 죽은 줄 알았습니다!"

"으, 으음 그렇습니다."

경식은 눈을 비비며 자리에서 일어났다. 일어나자마자 전해지는 등의 고통과 한기에 인상이 절로 찌푸려졌다.

"으음. 아무래도 등이 배긴 것 같네요."

경식은 순간 붉은 어금니의 힘을 빌려서 몸 상태를 호전시킬까 생각을 해 보았지만, 그러지 않기로 했다. 아직은 접신을 하는 것이 익숙지 않았기 때문이다.

'몸 상태는 좋아지겠지만, 정신 상태는 안 좋아진다고나 할까.'

조금 더 익숙해지면 숨 쉬듯 강신을 할 수 있을 것이 분명했다.

　뭐, 노숙을 했으니 등이 베기는 것은 당연하기도 했고 말이다.

　경식이 벌떡 일어나 주변을 둘러보았다. 이곳은 평야였고 자신들 말고도 10명의 사람이 더 있었다.

　물론 시체처럼 축 늘어진 채 게거품을 물고 있는 사람들이었지만 말이다.

　"많이도 왔네요. 8명인가요?"

　경식은 이번 여행 동안 이런 일을 많이 겪어왔기 때문에 그리 놀라지도 않았다.

　눈앞에 쓰러져 있는 사람들은, 분명 제이크의 현상금을 노리고 찾아온 사람들이겠지.

　"물어보니까 얼마던가요?"

　탕탕!

　제이크가 자신의 가슴을 치며 씩 웃었다.

　"12만 골드입니다!"

　"2만이나 올랐네요. 대단하네……."

　12만 골드면 한국 돈으로 12억쯤 된다. 저번 마을에 들린 뒤, 2만 골드나 현상금이 올랐다.

　"두 그룹이었습니다. 6명은 어중이떠중이. 그리고 3명은 꽤나 실력 있는 녀석들이었습니다."

"아…… 그런데 9명이 아니라 8명인데요?"

"한 여자가 도망쳤습니다."

"오오! 여자라고 봐주신 거군요! 역시 제이크도 남자라는 겁니까?"

"으음……."

그 말에, 제이크가 이를 악물었다.

옆에서 지켜보고만 있던 왕년 노인이 음충맞게 웃으며 고개를 회회 저었다.

─보내준 게 아니라 놓친 것일세.

"시, 시끄럽다! 보내준 거다! 더 강해져서 돌아오라고. 난 분명 그런 생각을 하고 있었다!"

─흘흘. 내가 왕년에 한 가닥 했다고 하지 않았나? 한 가닥 했던 내 눈은 속일 수 없지. 자네는 분명 놓쳤어. 그 여인은 자네를 어찌할 수는 없었지만, 자네에게서 도망칠 정도의 비장의 한 수는 가지고 있었던 게지.

"끄응!"

제이크는 더 이상 뭐라고 하지 못하고 한숨만 내쉬었다. 진짜 놓친 모양이다.

"그런데 여자군요?"

"쿵! 아주 미꾸라지 같은 년이었습니다! 연막을 뿌리더니…… 갑자기 몸이 빨라지면서 소매를 잡아채자 진짜 미꾸라지처럼 미끄러졌지요. 아마 로열티를 타고 추적했으면 분명 잡았을 겁니다!"

"하지만 로열티는 좀 더 쉬어야 하잖아요? 아무튼 그런 건 아무래도 좋으니…… 이 분들은 당연하지만 놔드리죠?"

그 말에, 제이크가 한숨을 푹 내쉬었다.

이번에도 경식은 이들을 죽이는 게 아니라 놔주는 쪽을 택한 모양이다.

"이들을 죽이지 않으면 뒷감당을 감수해야 합니다. 복수하러 올지도 모르죠!"

"에이. 그런 것치곤 한 명 놔 줬다면서요?"

"놓친 겁니다!"

"아아, 역시 놓친 거로군요!"

"꺼흡!"

"뭐 괜찮지 않을까요? 복수하러 오면 또다시 제압하면 그만이잖아요?"

"이들이 우리들의 대략적인 위치를 가르쳐 줄 겁니다."

"으음…… 그건 문제가 될 것 같긴 한데……."

경식이 그렇게 말하며 8명을 살펴봤다. 숨소리가 고르지 않은 것이, 눈을 감고 기절한 척을 하고 있을 뿐 모두 경식과 제이크의 말을 듣고 있는 것 같았다.

경식의 입꼬리가 씩 말려 올라갔다.

찌뿌듯한 것도 있었고, 이렇게 된 이상 접신을 할 충분한 가치가 있었다.

경식이 눈을 감았다가 떴다.

곧 칠흑 같던 그의 눈동자가 샛노랗게 물들었다.

붉은 어금니와 안정적으로 빙의를 끝낸 것이다.

"모두 눈을 뜨세요."

물론 뜰 리가 없다.

"ㅎㅎㅎㅎ…… 뜨게 될 텐데."

경식이 손가락 두 개를 펴서 브이 자를 만들었다.

그리고 눈을 안 뜨는 사람 중 한 사람의 콧구멍에 손가락을 집어넣었다.

그 사람이 가장 콧구멍이 큰 사람이었다.

푹!

"흐끙!"

곧 손끝으로 누런 안개가 뿜어져 나왔다.

그것이 다이렉트로 그의 콧구멍 안으로 폭사 되어 들어갔다.

그의 눈이 찢어져라 부릅떠졌다.

"우와아아아악! 으웨에에엑! 그웨에에에엑!"

"흘흘흘흘."

물론 냄새의 강도는 상당히 약하게 설정하고 뿜어낸 것이지만, 그래도 스컹크 방구(원래는 취선에서 내뿜는 화학물질이라 한다)냄새만큼은 될 것이다.

　대략 정신이 멍해지는 정도를 벗어나 수십 년간 이룩해 둔 자신의 이데올로기가 파탄 나는 느낌이랄까!

　경식이 만족스럽게 웃었다.

　"자. 다음은 누가 일어날까요?"

　벌떡!

　벌떡! 벌떡!

　다들 눈을 부릅뜨며 벌떡 일어났다.

　경식은 만족스레 웃으며, 옆에서 아직도 괴로움에 몸을 떨고 있는 남자를 가리켰다.

　"저 사람이 지금 무슨 짓을 당한 지 아시나요?"

　도리도리!

　모두 몰랐다. 하긴 알 리가 있나.

　그리고 경식은 별로 가르쳐 주고 싶은 생각이 없었다.

　"당해 보면 알겠죠?"

　도리도리.

　"모두 당하게 될 겁니다."

　"……"

　"저희를 쫓아오거나, 위치를 발설했다는 이야기가 나오거나 하면 말이죠."

그리 말하면서 은근하게 냄새를 풍겼다.

그들도 코가 있는지라, 흠칫 놀라며 뒤로 물러났다.

이게 무슨 똥방구 냄새란 말인가?

"물론 제가 낸 냄새긴 합니다만, 특정 기관이 아니라 손가락에서 낸 냄새예요. 저는 그런 능력이 있거든요."

치이이익!

손가락에서 샛노란 연기가 선처럼 뿜어져 나오는 걸 모두가 지켜봤다.

모두 침을 꿀꺽하고 삼킨다.

"이제 다들 가 보세요. 쫓지 않겠습니다. 물론 당신들에게 채취를 묻혀 놨으니까, 대륙 반대편에 있어도 찾아갈 수 있어요. 언젠간 찾아갑니다. 그러니까 발설하지 마세요."

끄덕끄덕끄덕끄덕!

모두 고개를 끄덕인다.

그것을 바라보던 제이크가 한숨을 푹 내쉬더니, 어쩔 수 없다는 듯 그 8명을 바라보며 눈을 부릅떴다.

"너희는 지금 귀검사 제이크에게서 살아 돌아간 거다."

"……"

"그러니 악수 한 번 하자!"

제이크가 한 명에게 손을 내민다.

애석하게도 지금 막 콧구멍에 다이렉트로 냄새를 맡았다

가, 황천길에서 겨우 살아 돌아온 그 남자였다.

그는 덜덜 떨리는 손을 들어 제이크의 손과 맞잡았다.

제이크의 입가에 씩 웃음이 그려졌다.

꽈아악!

"끄엉헝억!"

아프기도 더럽게 아팠지만, 그것 때문에 비명을 지르는 것이 아니었다.

제이크가 손을 놓은 순간, 제이크의 손에 잡혀 있던 남자의 손이 드러났다. 할아버지의 손처럼 자글자글한 주름이 잡혀 있는 앙상한 손이었다.

남자는 자신의 손을 보고 기겁을 했다.

"으헉! 이, 이게 뭐야! 뭐, 뭐지?"

제이크가 씩 이를 드러냈다.

"뭐긴 뭐냐! 영혼의 구속이지! 난 귀검사 제이크. 그리고 나의 성명병기는 소울이터! 너의 영혼은 내 소울이터에게 저당 잡힌 것이다!"

"그, 그런!"

"모두 손 내놔! 아니면 죽을 줄 알아!"

모두 울며 겨자 먹기로 손을 내놓았다. 그리고 예외 없이 할아버지 손이 되었다.

"한 달 후에! 소울이터의 영혼을 풀어서 너희 영혼이 너희에게 다시 돌아가게끔 만들어 주겠다! 물론! 우리가 한 번도 기습을 당하지 않는다는 가정 하에서 말이다!"

......

"알았나!"

끄덕끄덕끄덕끄덕!

모두 바보처럼 머리를 끄덕이더니 후다닥 도망가 버렸다.

아니, 도망치려고 하는데 경식이 빙긋 웃으며 세웠다.

"잠깐만요들?"

우뚝!

"가지고 있는 건 다 내려놓고 가셔야죠? 우리가 무슨 자선 사업 하는 것도 아니고, 우리의 목을 노리고 왔으면 그 정도 는 내려놓고 가세요. 목숨 값이 상당히 비싸요 요즘. 시가로 얼마정도 하려나?"

"......"

"음~ 내가 목숨 값을 지정해 버리면 그 이하의 사람들은 어쩔 수 없이 여기서 죽어주셔야 되는데, 아직도 가만히 계시 네요? 음 얼마로 하지? 목숨은 참 소중하죠? 한 천 골......"

철그렁! 철그렁!

짜르르르르르!

8명의 주머니에서 구리와 은전이 와르르 쏟아져 나왔다.

경식이 빙긋 웃으며 손을 흔들었다.

"잘 가요. 들고 있는 무기는 제가 선물한 겁니다?"

끄덕끄덕!

꽁지 빠지게 도망치는 이들을 바라보던 경식은, 질린다는 표정으로 제이크에게 시선을 돌렸다.

"꼭 그래야 했어요? 할아버지 손이라니. 그리고 우리가 기습을 안 당할 리가 없잖아요?"

저들 역시 정보를 듣고 온 게 아니라 무작정 돌아다니다가 경식 일행을 만난 것이다. 그러니 그런 사람이 또다시 있을 테고, 경식 일행은 반복적으로 기습을 당할 것이다.

결과적으로 저들의 손은 영영 할아버지처럼 자글자글한 주름이 잡혀 있을 거라는 이야기였다.

하지만 제이크가 씩 웃으며 고개를 저었다.

"저들의 손은 제가 어찌할 수 있는 게 아닙니다. 자연치유 되면서 다시금 정상으로 돌아옵니다!"

회복이 가능할 정도로만 영혼에 손상을 주었으니, 알아서 회복한다. 제이크가 싫어도 그들의 손은 돌아온다는 이야기다.

"제이크도 거짓말을 할 줄 아는군요?"

"잘합니다!"

"자랑은 아니네요."

웃고 있던 경식은 뭔가 이상하다는 생각을 했다.

그렇다. 구미호가 아무 말도 없이 지금껏 가만히 있을 리가 없는데, 아직까지 기척이 없었던 것이다.

주변을 둘러보자, 구미호가 인상을 찌푸린 채 멍하니 주변 풍경만 바라보고 있었다.

뭔가 사색에 잠겨 있는 듯한 오묘한 표정인데, 구미호의 성격상 저렇게 집중을 잘하고 있을 리가 없는 것이다.

경식이 다가가 구미호의 꼬리를 만지작거렸다.

구미호의 얼굴이 순식간에 새빨개진다.

[야! 야야! 뭐야! 뭐, 뭔데? 야! 꺅!]

"뭐, 뭐야? 꼬리 한 번 만진 거 가지고……."

[나한테 꼬리가 얼마나 중요한 건지도 모르냥! 엄청난 성감…… 으음 암튼 그렇다고!]

"으잉?"

무슨 말을 하는지 몰라서 고개를 갸웃하던 경식이 말을 이어 갔다.

"그런데 아까부터 뭐 하고 있는 거야?"

[집중하고 있었어.]

"아니 어디에 집중을 하고 있었냐는 거지, 내 말은~"

경식이 가볍게 지나가는 투로 묻자, 구미호가 빙긋 웃었다.

[나. 네가 사령의 팔찌를 가지고 있으니까 이상한 힘이 생겼어.]

"이상한 힘?"

[이상하다기보다는, 꼬리 3개 정도는 있어야 가능한 건데…… 흉내라도 내는 게 가능해졌다고나 할까?]

"응? 네가 할 줄 아는 것도 있었어?"

[어! 완전! 있거든! 지금도! 그리고 저번에도 있었어!]

"그런가?"

경식이 장난스럽게 말하자, 구미호가 발끈해서 소리친다.

[야! 너 처음에 내가 구해 줬어! 알아!? 망령 막 불태워서 너를! 어!?]

"아니 그건 아는데, 그 이후로 뭔가 특별한 활약을 보였다거나 하는 건……."

화르르륵.

경식의 말을 듣는 순간, 구미호의 불길이 다홍빛으로 물들었다.

흥분상태!

[와. 너 진짜 나중에 내 도움받고 고맙다고 눈물 흘리지나 마. 알았어?]

"으, 으응."

'그래도 안 도와준다고는 안 하네.'

경식이 피식 웃었다. 구미호는 다시금 허공을 바라보며 뭔가를 중얼거리고 있었고, 그 뒷모습을 바라보던 경식은 고개를 돌렸다. 그리고 그곳에는 웅크려 앉아 두꺼운 책을 읽고 있는 여인이 보였다.

바로 슈아였다.

'으음. 엄청나게 집중하고 있는 것 같은데 방해해도 되려나?'

보통이면 방해를 하면 안 되겠지만, 경식은 항상 궁금했었다. 지금껏 같이 여행을 하면서 아침만 되면 두꺼운 책을 너무도 열심히 읽고 있으니 궁금할 수밖에.

에리카가 슈아를 잘 부탁한다는 말을 하기도 했으니, 오늘은 한번 말을 걸어볼까 싶었다.

사실 둘 사이에 대화가 오간 적은 거의 없다시피 했으니 말이다.

소가 닭 보듯 하다.

그것이 두 남녀 사이의 관계였다.

경식이 옅은 심호흡과 함께 말했다.

"음. 이봐."

"……."

"이봐봐봐?"

그 말에, 슈아가 인상을 찌푸리며 경식을 바라본다.

"대부분 사람이 집중을 하고 있으면 아무 말도 안 거는데, 너는 아니구나?"

"으음. 아니 나도 비슷하긴 한데, 항상 같은 시간에 이러고 있으면 뭐 하고 있나, 무슨 책인가, 궁금하기도 하잖아?"

그 말에, 듣고 있던 구미호가 발끈해서 소리쳤다.

[뭐, 뭐야! 저, 저, 저 몰상식한 계집애는? 저게 식량 축내면서 따라다니는 녀석이 할 말이야? 완전 와! 와아아아!]

그 말에 경식이 머리를 긁적인다.

"아니 뭐 식량을 축낼 것까지야? 몰상식은 좀⋯⋯."

그냥 평소와 다름없이 자연스레 한 말이었다. 하지만 그것을 보는 슈아의 인상은 찌푸려질 만하다.

마치 경식이 혼잣말을 하는 것처럼 보였기 때문이다.

"너랑 제이크 말고도 일행이 더 있다고 그랬지? 나한테는 안 보이는."

경식이 고개를 끄덕였다.

"그렇지. 구미호와 왕년 노인이 있어."

"구미⋯⋯호? 왕년⋯⋯ 노인?"

"구미호는 내가 이 세상에 올 때 같이 떨어진 녀석인데, 꼬리가 원래 아홉 개 달려 있어서 구미⋯⋯."

"아아. 구각랑이랑 비슷한 건가 보네?"

"⋯⋯구각랑?"

경식이 구각랑이 뭔지에 대해 물어보려고 했지만, 슈아가 다음 질문을 했다.

"왕년 노인은 뭐야? 이름 없대?"

―헐헐헐헐. 어여쁜 처자가 나를 궁금해 하다니 기분이 좋

군. 드디어 나의 이름을 밝힐 때가 된…….

"그냥 왕년 노인이라고 부르면 되지?"

경식이 단호하게 고개를 끄덕였다.

"어. 그거면 돼. 다른 건 절대로 필요 없지."

그 말에 왕년 노인이 괴로워했다.

—크, 끄윽! 이, 있지도 않은 심장이 아프다! 왕년에도 이런 적이 있었는데…… 그래. 실연을 당했을 때였구려. 나, 나의 사랑 잔드…….

왕년 노인의 옛 사랑이 누구건 간에 듣고 싶지 않았다.

"아무튼, 그래. 말로만 전달하니까 아쉽네."

"어쩔 수 없지. 나는 내 눈에 보이는 것만 믿거든. 마법사니까."

마법사. 진실을 탐구하고, 자연을 추종하는 자.

그런 이들에게 있어서 유령과 같은 '초자연적인 현상'들은 대체로 받아들이기 어려운 것이었다.

"나는 마법사야. 그것도 꽤 유능한 마법사지. 이 나이에 5서클을 마스터 했으면, 천재 중에서도 천재라는 소리를 들어도 부족한 엄청난 마법사야."

"그, 그렇구나?"

"지금 한 행동은 메모라이징이야."

"메모라이징?"

"마법사는 그날그날 사용할 수 있는 마법을 아침 일찍 외워 둬야 하거든. 아무리 많은 마법을 알아도, 메모라이징을 하지 않으면 바로바로 사용할 수 없어. 사용할 수 있긴 하지만, 주문 영창 시간이 10분에서 많게는 1시간도 걸리지. 전투 중에 그렇게 많은 시간을 집중할 수 없잖아? 그러니까 이런 걸 하는 거야."

"아…… 그럼 이건 마법 책이네?"

"그런 셈이지. 여기 책 표지에도 쓰여 있잖아?"

그리 말하며 슈아가 자신의 책 표지를 보여 주었다. 물론 그걸 경식이 볼 수 있을 리가 없다.

"아니 뭐……라고 해야 할까? 나는 이 세계에 떨어진 지 얼마 되지 않았거든. 그래서 글을 못 읽어."

그 말에 슈아가 가볍게 말했다.

"까막눈이구나?"

울컥!

경식을 보며 왕년 노인이 말한다.

—크윽! 울컥하겠지만 논리적으로 너무 맞는 말이라 반박의 여지가 없구먼!

반면 구미호는 달랐다.

[흥! 지가 뭔데 경식이한테 까막눈이래? 경식이를 흉볼 수 있는 건 나밖에 없다구!]

"너도 날 흉볼 수 없거든?"

구미호를 바라보며 한 말이지만, 여전히 슈아에게는 허공에다 하는 말로 들렸다.

슈아의 인상이 또 한 번 찌푸려졌다.

"지금 나한테 뭐라고 하는 거야?"

"으, 으응?"

"누구야. 왕년 노인? 구미호?"

[그래, 나다 이 계집애야! 어쩔래. 어쩔래래래! 어쩔래애!]

구미호가 그리 외쳐도 슈아에게 들릴 리 없었다.

경식이 말이 없자, 슈아가 더욱 강하게 인상을 찌푸렸다.

"이번엔 뭐라고 그래?"

[뭐라고 그러긴! 어디 식량만 축내는 잉여 인간 주제에 고고한 척은 혼자 다하고 있어?]

"뭐라고 그러는데?"

[그대로 전해. 경식아. 그대로 전해!]

그 말에, 경식이 한숨을 내쉬며 말을 이어 갔다.

"식량만 축내는 이, 잉여 인간……이라는데?"

"하아."

슈아가 한숨을 푹 내쉰다.

"그러는 너는 영체인데 최근에 뭐 보탬이 된 일이 있냐고 전해 줄래?"

"그, 그러니까 구미호. 너한테 그……."

[다 들었거든!]

구미호의 서슬에 귀가 따가워진 경식은, 인상을 찌푸렸다.

[듣자 하니 마법사는 의사나 판검사 같이 똑똑한 사람들만 할 수 있다던데, 왜 그런 사람이 소매치기나 하고 도박이나 했는지 몰라아아아?]

"으음."

"그대로 말해 줄래?"

"끄응."

경식은 한숨 푹 내쉬며 말을 이어 갔다.

"마법사는 선택받은 자들만 할 수 있는 거라는데, 그런 사람이 왜 소매치기나 도박을 했는지 모르겠다고 하는데?"

빠직.

슈아의 이마에 십자 심줄이 돋아났다.

"소매치기는 어쩔 수 없었던 거야. 그리고 도박은, 천한 것이건 일국의 국왕이건 간에 차별받지 않고 할 수 있는, 유일무이하고 신성한 행위라고 전해 줘. 오히려 지금 네 그 같잖은 생각만으로 만인에게 공평한 도박님을 모독한 것을 사과하라고 전해 줘."

그 말에 구미호는 어이가 없었다.

[저, 저거 저 저 어린 계집이 한 마디도 안 지는 거 봐아?

야! 너 몇 살이야!]

"그거 몰라서 묻는 거야?"

"뭐라는데?"

"아니 음. 몇 살인데 반말이냐고 그러네."

"몇 살인데?"

[야! 그, 그런 걸 왜 물어? 그냥 언니면 언니지!]

"진짜 가르쳐 줘?"

[너보다는 많다고 그래!]

"너보다 한 50배는 많다는데?"

"……그럼 800살?"

[야아아아아! 경식아아아! 그걸 왜 사실대로 말해!]

경식이 구미호에게 말했다.

'아, 아니 200살이나 깎아서 말 했는데? 너 천……'

[꺄아아악!]

경식이 다시금 귀청 떨어지겠다는 듯 표정을 찌푸리자, 그 것을 알아차린 슈아가 피식 웃었다.

"알았어. 그럼 반말 하면 안 되겠네. 할머니? 아니, 돌아가 신 우리 할머니보다도 10배는 많이 산 것 같으니까 하아아아 아아아아아아아아아아알머니라고 부르면 되나?"

[…….]

화르르륵.

구미호의 불길이 이제까지는 본 적 없을 정도로 활활 타오르기 시작했다.

그것은 말 그대로 정말 활활 타오르고 있어서, 옆에 있는 경식이 다 뜨거울……?

"앗 뜨거!"

경식이 경악하며 구미호의 주변에서 물러났다. 그것은 슈아 역시 마찬가지여서, 뜨거워하며 뒤로 물러났다.

진짜 열기가 느껴진 것이다.

그것도 촛불 정도의 열기가 말이다.

"뭐. 뭐야? 열 받으면 뜨거워지는 거였어?"

경식이 신기해하며 주변에 널브러진 장작 하나를 들어 구미호의 몸에 대어 보았다.

장작이 치이익! 소리를 내더니 화르륵 타오른다!

"오, 오오오오오!"

[야! 너 정말 이럴 거야?]

"아, 아니. 미안."

구미호가 정색하며 말하자 경식이 시무룩해져서 입을 다물었다.

"호오. 화가 많이 났나 보네."

슈아가 빙글빙글 웃으며 덧붙인다.

"하아아아아아으아으아아알머니."

[⋯⋯히. 히잉! 모두 미! 워!]

구미호가 그렇게 말하더니, 비바람을 피하려고 만들어놓았던 간이텐트(현상금 사냥꾼들이 가지고 왔던 것들 중 괜찮은 것들은 이렇게 잘 사용하고 있다) 안으로 쏙 들어가 버렸다.

경식이 한숨을 내쉬며 슈아를 바라봤다.

"너도 참 비틀어진 녀석이구나?"

그 말에 슈아가 어깨를 으쓱였다.

"집안 망하고. 촉망받던 직장에서 쫓겨난 사람이 올곧으면 그게 더 웃긴 거지, 뭘."

지켜보고 있던 제이크가 피식 웃으며 외쳤다.

"슬슬 수련을 하셔야 합니다! 오늘에야말로 수련합시다!"

그 말에 온몸의 털이 곤두서는 느낌을 받는 경식이었다.

그는 에리오르슈 가문의 은신처를 떠난 이후로, 지금까지 차일피일 미루며 수련을 기피하고 있었다.

이유는 간단했다.

수련을 한다는 것은 소울에너지를 뿜어내어 휘두르는 것이고, 두 번 정도가 한계다.

그렇게 돼버리면 하루가 엄청 고달파진다. 걸을 힘은 있겠지만, 완벽한 탈진 상태가 되는데, 그때부터 하는 여행은 말 그대로 고역이다.

그러니 이렇게 차일피일 미룰 수밖에 더 있는가?

"나, 나중에 하면 안 될까요? 지금 뭔가 타이밍이 안 맞는 것 같은데…… 해도 떠오르고 있고요."

"상관이 없잖습니까!"

"그, 그게 음. 기분의 상관이랄까…… 왠지 지금 수련을 하면 병이 날 것 같은…… 아! 바, 밤에는 추우니까 움직이면 따듯해지잖아요? 그리고 지금 수련을 하면 1시간은 더 잡아먹어야 하는데, 그렇게 되면 언제 이동해요? 그렇지 않을까요? 게다가 그거 사용하면 저 완전 반 탈진 상태라고요?"

"업고 갑니다! 으으으으으리로!"

"아니 그 으리인지 의리인지…… 아 그리고 의리가 맞잖아요?"

제이크가 그 말에, 눈동자를 빛냈다.

그의 눈동자는 신념에 가득 차 있었다.

"남들이 말하는 의리는, 말 그대로 남들의 의리입니다. 저는 그 모든 의리를 초월하는 초의리. 그것이 바로 저만의 으리입니다. 으리!"

"……그렇군요."

뭔가. 제이크를 더욱 깊이 안 것 같아 기분이…… 음. 좋지만은 않달까? 좋지도 나쁘지도 않아졌다.

"아무튼, 전 업히기도 싫고…… 아! 탈진상태가 되면 잠이 오니까, 잠자기 전에 하는 게 맞다고 보는데요?"

"으으음. 좋습니다. 그럼 오늘 밤 야영을 할 때는 꼭 수련을 하시는 겁니다! 게을리하시면 아무리 속박되어 있는 영혼들이라도 무시당하십니다. 알겠습니까!"

음, 무시할 것 같지는 않고. 아니 그렇다기보다는 이미 무시당하고 있는 것 같기는 했지만, 그렇다고 수련을 게을리해서 더더욱 무시당하고 싶은 생각은 없었다.

경식이 자신 있게 대답했다.

"하하. 당연하죠!"

"그럼 출발합니다! 모두 일어나시죠!"

그 말에, 슈아가 소리 없이 제이크에게로 달려들었다.

목적지는 그의 큰 등짝이었다.

팟!

슈아가 제이크를 등 뒤에서 안았다.

아니, 업혔다.

"가요."

제이크가 당황했다.

"무, 무엇이냐!"

"뭐긴요. 삼촌 저 힘들어요."

"……그, 그건!"

"아시겠지만 전 마법사예요."

"그래도 가문에서 기본적인 체술을 배우지 않았더냐!"

"마법사이기 이전에 당신의 어여쁜 조카이기도 해요. 설마, 혈연관계가 아니라고 제 존재를 부인하진 않으시겠죠?"

"끄으으응!"

"조카가 지금 다리가 아파요. 쉬고 싶은데 좀 도와줘요."

"……."

'아니 보통 저럴 땐 애교라도 부릴 텐데…….'

왠지 애교 부릴 상황에서 정색하고 무미건조하게 말하니, 묘하게 싸늘하다.

제이크는 한숨을 내쉬며 슈아의 엉덩이를 뒷손으로 받쳤다.

그것에 관해 전혀 상관을 하지 않는 제이크와 슈아였다.

그렇게 출발한다.

[완전 재수 없는 계집애야.]

─노인 공경을 모르는 아이올시다. 구 선생, 구 선생 말에 전적으로 동의하오.

구미호는 풀이 죽은 채 아무 말도 없었고, 그것은 왕년 노인역시 마찬가지였다. 둘은 간혹 제이크에게 업혀 있는 슈아를 노려보며 악담을 퍼부었지만, 크게 신경 쓰지 않기로 했다.

제이크에게 업힌 상태에서 슈아가 뒤를 돌아보며 말한다.

"설마 내 엉덩이나 뒤태를 감상하고 있었다면 그 더러운 눈을 다른 곳으로 돌리는 게 좋아."

울컥.

재수 없는 게 맞지 싶다.

"안 봤거든?"

"그럼 됐고. 앞으로도 보지 말아 줘."

"아. 그리고 말이야."

경식이 어깨를 으쓱이며 말한다.

"나도 너보다 2살이나 많아."

"그래서?"

"반말 계속할 거야?"

"흐으음."

슈아는 제이크에게 업힌 채 빤히 경식을 바라봤다. 경식 역시 그 눈을 피하지 않았다.

둘은 서로를 바라봤고, 경식의 얼굴이 약간 붉어지려는 순간 그녀의 입이 떨어졌다.

"오라버니."

"응?"

'오빠'가 아닌 '오라버니'로 불리니, 기분이 좀 묘하고 낯설었다.

"나 식충이 아니야. 앞으로 내가 쓸모 있는 모습 보여 줄 테니까, 오라버니는 그 하아아으알머니 같은 생각 하면 안 돼. 그 즉시 동갑으로 강등이야. 알았지, 오라버니?"

"으? 으음…… 그래."

그러고는 고개를 홱 돌린다.

뭔가. 상냥한 말을 들은 것 같은데, 전혀 상냥한 어조가 아니다. 얼음장처럼 차갑다고나 할까?

'그나저나 신경 쓰고 있었구나? 귀엽네.'

조금 전 구미호가 한 말에 대해 신경을 쓰고 있던 모양이다.

경식은 피식 웃으며 발걸음을 재촉했다.

그리고 그런 경식 일행을 멀리서 지켜보는 시선이 있었으니, 금빛 머릿결을 짧게 친 새침스러워 보이는 20대 중반의 여인이었다.

"흐으음. 쟤가 주축이구나?"

그녀는 사라져 가는 일행의 뒷모습을 바라보며 씨익 웃었다.

"목표를 바꿔도 되겠어."

그녀의 은색 눈동자가 경식의 뒷모습을 응시했다.

츠릅.

그녀의 부드러운 혀가 도톰한 입술을 적셨다.

이후 웃음이 지어진다.

참으로 탐욕적인 웃음이었다.

Chapter 3
남치

　행군(?)과도 같은 진군이 끝난 후, 제이크는 경식에게 수련을 시켰다.

　수련이라고 해 봤자 별거 없기는 했다. 그저 자신의 소울에너지를 한곳에 모아 쏘아내는 일을 두 번 이상 해 보이는 것이었다.

　그리고 경식은 약속대로 그것을 행했다.

　그 결과를 바라보던 제이크가, 마른침을 꿀꺽 삼켰다.

　눈앞의 결과.

　높이만 해도 5미터는 넘어 보이는 거대한 바위에 경식의 소울에너지가 폭사 된 순간, 눈앞의 것과도 같은 현상이 벌어졌다.

거대한 바위는, 거인이 한 입 베어 문 것처럼 홈이 파여져 있었다.

홈이라기보다는 구덩이에 가까운 변화!

그 안에서 경식이 고개를 빠끔 내밀고는 나온다.

표정은 어이없다는 표정이다.

자신이 해 놓고도 얼떨떨한 그 표정에, 제이크가 웃음으로 화답했다.

"장하십니다!"

"아, 아니 이게 그……."

경식은 자신의 오른손에 끼워진 팔찌를 바라봤다. 사령의 팔찌. 이것을 끼고서 여느 때처럼 온 힘을 다해 쏘아냈는데…… 그 결과가 예상한 것보다 훨씬 좋게 나왔다.

한 10배 정도랄까?

"이 팔찌. 장난 아닌데요?"

"팔찌의 사용법을 익히셨군요!"

"아니, 이게 익힌 건지…… 음. 익힌 거겠죠?"

경식이 그렇게 말을 하고 있는데, 머릿속에서 앓는 소리들이 토해져 나왔다.

[취이이익! 몸에 힘이 전무. 사용했다 전 부! 취이이익!]

[힘이 들. 들군. 좀. 쉬고 싶다.]

'아니 너희들의 힘을 사용한 적이…… 없는데?'

경식은 자신의 소울에너지를 사용한 것이지, 회색 바람나 붉은 어금니의 힘을 사용한 것이 아니었다. 실제로 그의 눈동자는 회색으로도, 그리고 노란색으로도 바뀌지 않았다. 영혼의 갑옷은 더더욱 생겨나지 않았다.

그는 자신의 힘만을 사용했다. 그럼에도 불구하고 두 영혼들은 힘들어하고 버거워했다. 결국엔 그들의 힘을 사용한 것이 맞다. 그런데, 다른 점이 있었다.

지금까지는 경식의 몸 안에 있는 소울에너지를 사용해서 회색 바람과 붉은 어금니의 힘을 발현했다.

하지만 지금은 그 반대였다.

회색 바람과 붉은 어금니의 소울에너지를 끌어다가, 경식의 소울에너지를 극대화시킨 것이었다.

말 그대로 주객전도.

연료가 되는 것이 바뀐 결과였다.

회색 바람의 힘을 빌렸을 때처럼 몸이 단단해지고 충격파를 뿜어내지는 않는다. 붉은 어금니의 힘을 빌렸을 때처럼 날카로운 칼날이 뽑혀 나오거나 향취(?)를 뿜어내지도 못한다.

그저 완력이 강해질 뿐이다.

하지만.

경식의 소울에너지를 1이라고 보았을 때, 회색 바람이나 붉은 어금니나 각각 5씩은 될 것이다.

그렇다면 2마리 영혼의 소울에너지 총량은, 10이 된다.

1의 힘만으로 발현하는 특별한 힘.

10의 힘으로 발현되는 보통 힘!

모두 장단점이 있지만, 출력과 파워 면에서는 후자가 좀 더 효과적일 수 있다는 이야기였다.

그리고 그것을 해내었다.

이것이 모두 다, 중간다리 역할을 하는 사령의 팔찌 덕분인 듯했다.

"으아아. 장난 아니네, 이거."

경식이 씩 웃으며 앞으로 걸어나갔다. 아니, 걸어나가다가 풀썩 쓰러졌다.

제이크가 당장에 달려왔다.

"괜찮으십니까아!"

"아이고…… 처음 사용한 거라서 그런지 상당히 힘들고 고되네요……."

"우, 우선 주무십시오. 들어가시죠. 제가 경계를 서겠습니다!"

"아이고…… 누가 오겠어요. 제이크도 같이……."

누우라고 말을 하려던 경식은, 그만 잠들어 버렸다. 고된 여행과 그 이후에 벌어진 온몸의 힘을 모두 사용하는 작업의 결과, 엄청난 피로가 쌓여있었다.

곤히 잠든 경식을 간이 텐트에 집어넣은 제이크가 씩 웃으며 슈아를 바라봤다.

"어떠냐. 우리 주인님이 꽤 장하지 않으냐!"

"……제법이네요, 오빠도."

슈아 역시 그런 말을 하며 하품을 했다.

"보초 잘 부탁해요 삼촌."

"그래! 잘 자거라! 하하하!"

[내가 말동무라도 되어 줄까?]

"하하! 그대도 으리가 있군!"

[그러엄! 암컷이라고 의리가 없겠어? 다 있지!]

—왕년에 나도 한 의리 했는데 나도 한 자리 끼워주시게나.

제이크가 앉았고, 그 양옆을 구미호와 왕년 노인이 차지했다. 그리고 이런저런 말을 나누는 것 같은데, 슈아에게 들리는 것은 제이크의 말뿐이었다.

허공에 대고 바보처럼 말하는 것 같다.

"흐응."

감흥 없이 그런 광경을 바라보던 슈아의 눈꺼풀이 닫혔다.

그렇게 모두 밤을 지내고 있었다.

                    *   *   *

"으으으음!"

경식이 뻑뻑해진 눈을 부비며 자리에서 일어났다. 텐트 사이로 빛이 들어오지 않았다. 밤이라는 소리다.

'아이고, 오줌이야.'

텐트에서 나오자 차가운 새벽바람이 살을 핥고 지나갔다.

"아이고, 춥다아."

경식이 그런 말을 하며 왼쪽을 보았다.

그곳엔 슈아가 웅크린 채 잠들어 있었다.

'춥게 자네.'

경식이 빙긋 웃으며 그녀가 차 놓은 이불을 들어 어깨까지 끌어올려 주었다.

그러면서 그녀의 옆모습을 바라보게 된다.

새하얀 피부. 부드러운 턱선. 높은 코에, 부드러운 곡선을 가진 매끈한 목.

경식의 얼굴이 약간 붉어진다.

'예쁘네.'

그 예쁘다는 것은 이성을 바라보는 관점이라기보다는, 여동생을 바라보는 관점이었다.

물론 대한민국에서의 그에겐 여동생 같은 것은 없었다. 외

동아들이었지만, 그렇기 때문에 여동생에 대한 로망이 있었다.

'앞으로 좋은 오빠, 동생처럼 지내도록 노력해야겠어.'

그런 생각을 하며 빙긋 웃고 있는데, 불청객처럼 누군가가 다가왔다.

경식의 속생각을 읽을 수 있는 사람은 단 한 사람밖에 없었다.

[어디서 타는 냄새 안 나요?]

'으, 응?'

[지금 엄청난 흑심이 한 남자의 가슴에서 불타오르고 있는 것 같은데? 앙?]

경식이 깜짝 놀라 뒤로 물러난다.

'무, 무슨 소리야? 흑심이라니, 여동생 같은 앤데?'

[흐으응. 과여언? 그 빨개진 볼이 과여어언 여동생 때문일까, 여자아이 때문일까아아아?]

'……'

[결국 나 때문은 아니라는 거네?]

"그건 또 무슨 뜬금없……!"

―쉬이잇. 다들 조용히 하게.

듣고 있던 왕년 노인이 둘을 제지했다.

―제이크 잠들어 있네.

"……?"

경식이 설마 하는 눈초리로 제이크를 보았다.

제이크는 숨을 쉬는 듯 안 쉬는 듯하며 잠이 들어 있었다.

생겨먹은 건 주변이 떠나가라 코를 골 것 같이 생겼으면서, 잠을 자는데 아무런 기척도, 소리도 나지 않는다.

무술이 일정 경지에 이른 사람들은 다들 이러할까?

신기할 노릇이다.

—그도 사람이니 피곤했을 게야. 겨우 잠들었으니 깨우지 말게나.

끄덕끄덕.

경식이 빙긋 웃으며, 주변에 있는 풀숲으로 걸어갔다. 원래 목적인 소변을 보기 위해서였다.

우뚝.

돌연 경식이 뒤를 돌아본다.

"안 가?"

[에……헤헤?]

"이상한 웃음 짓지 말고."

[아, 아니 뭐…… 알잖아? 나랑 너랑 못 떨어지는 거? 우린 서로 묶인 몸이잖아?]

"너 꼬리 하나 더 생겨서 무리하면 40미터 정도는 떨어질 수 있는 거 다 알거든?"

[쳇.]

뭔가 아쉬워(?)하는 구미호를 바라보며, 경식이 비릿하게 웃었다.

"흐. 내꺼 봐서 뭐하게?"

[누, 누가 네 거 본다고 그러냐! 내, 내가 왜! 왜왜!]

구미호의 불길이 하얀색이 될 정도로 타오른다.

겁내 흥분했다는 증거였다.

그러고는 알아서 멀어져 간다.

"하여튼."

경식이 피식 웃으며 풀숲. 정확히는 그가 깨먹은 바위 뒤쪽, 아무도 볼 수 없는 곳으로 다가갔다.

그리고 바지 지퍼를 내린 후 일을 보았다.

추르르르.

꽤 참은 지라 양이 많았다.

그렇게 몸 안의 것이 빠져나가며 묘한 쾌감(?)을 느끼고 있는 경식의 뒤에, 누군가의 기척이 느껴졌다!

"……!"

"돌지 마. 나한테 묻어."

"……?"

"호호호. 옳지. 착한 아이네?"

여자의 목소리였다.

경식이 침을 꿀꺽 삼키며 말을 이어 갔다.

"누, 누구⋯⋯."

"괜히 내가 뒤에서 나타났겠니?"

"제이⋯⋯ 으읍!"

뭔가 비릿한 냄새가 코를 통해 폐로 들어갔다.

그 순간, 경식은 머리가 띵해지며, 정신을 잃어 갔다.

추욱.

늘어진 경식의 몸을 부축하며, 여인은 어쩔 수 없이 경식의 것(?)을 흘낏 볼 수밖에 없었다.

"흐응. 제법인데?"

장난스럽게 웃으며, 그녀는 경식을 부축하여 숲 속으로 조심스레 끌고 들어갔다. 어느 정도 갔다 싶을 때, 그녀는 경식을 업고 냅다 달려갔다.

바위 뒤에서 기다리고 있던 구미호는 봉변을 당했다. 40미터가 넘어서자, 경식과 구미호 사이의 보이지 않는 목줄(?)로부터 입질이 온 것이다.

[켁! 커헝! 야, 야아아아아! 야!]

구미호가 뒤쪽으로 격하게 끌려나갔다.

[왕년아아아아! 제이크야아아아아아! 계집애야아아아아!]

갑작스러운 상황에 적응한 후 제이크나 왕년 노인을 크게 불러 보았지만, 이미 멀리 떨어진 후였다.

＊　　　＊　　　＊

[야. 야아! 야! 일어나, 야!]

"으억!"

구미호의 목소리에 놀란 경식이 벌떡 일어났다. 구미호는 그의 눈앞에 있었고, 경식은 고개를 흔들며 정신을 차리려 애썼다.

그리고 기억났다.

그는 지금 누군가에게 잡혀 있는 것이었다.

"정신이 들었어, 꼬맹이?"

누군가가 경식에게로 다가오고 있었다. 고개를 들어 그곳을 보니, 생전 처음 보는 여자가 깔아 보듯 경식을 바라보고 있었다.

그리고 깨달았다.

경식은 볼일을 보던 도중에 누군가에게 잡혀 왔다는 사실을 말이다.

"당신. 누구세요?"

"정상 범주에 속하는 대답이네. 그럼 이 상황에서 납치범인 내가 무슨 소리를 할지 정상 범주 내에서 생각해 보겠니?"

"……이거 풀어 줘요!"

철컹철컹!

아닌 게 아니라, 경식의 양손은 묶여 있었다. 무쇠로 된 수갑 같은 거였는데, 그 수갑 중앙에는 붉은색 보석이 박힌 채 요사스럽게 빛나고 있었다.

"마나 구속구라는 거야."

"그러니까, 이걸 풀라잖아, 내가!"

조금 전에는 기습에 당했지만 지금은 다르다.

"너 꽤 강하더라? 바위 부수는 거 봤어."

"그게 무슨……!?"

"난 강한남자가 말이야. 좋더라고."

쪼으으읍.

여인의 도톰한 입술이 경식의 입술과 포개어져 덮쳤다.

옆에서 그걸 바라보는 구미호의 불길이 활활 타올랐다.

[뭐, 뭐야 뭐야! 뭐야! 이게 뭐냐고, 이게 뭐야! 야! 안 떼? 지금 뭐 하는 짓이야아아아!]

경식은 자신의 혀 주위를 맴도는 부드러운 것을 느끼며 눈을 부릅떴다.

아무것도 할 수 없었다.

그리고 이 여자.

키스를 하고 있는데 눈을 똥그랗게 뜨고 경식을 바라보고 있다.

'아, 아, 앙돼.'

오히려 경식이 쑥스러워 눈을 감는다.

그녀의 눈매가 반달처럼 휘었다.

경식은 그새 입안에 고인 침을 삼켰다.

꿀꺽!

그제야 입술과 입술이 떼어지며 침이 길게 늘어지다가 끊어졌다.

"입술에 힘 빼고, 혀도 꼿꼿이 세우지 마. 부드럽지가 않잖아?"

"이, 이, 이게 무슨 짓이에요!"

그녀가 빙그레 웃었다.

"좋았잖아?"

"누, 누가 좋……좋았다고……?"

"나도 풋풋해서 좋았어. 너, 내가 첫 키스로구나? 영광이야."

그 말에 구미호가 발끈해서 소리쳤다.

[아니거든? 나거든! 이 계집애야, 똑바로 들어 경식이 첫 혀 섞임은 나라고!]

쟤는 또 무슨 말을 하는 거야!

경식은 말을 하면서 벌떡 일어나려 했다. 하지만 몸에 힘이 하나도 없어 움직여지질 않았다.

그것을 본 여인의 얼굴이 묘하게 변했다.

"1분이라. 오래도 걸렸어, 그렇지? 원래 같았으면 10초도 되지 않아 다리가 풀려야 되는데 말이야. 힘이 좋구나?"

"……?"

"너. 강하잖아? 물론 마나 구속구를 채웠으니까 마나는 사용하지 못하겠지만, 그래도 좀 더 얌전하게 만들 필요가 있었거든. 근육을 이완시키는 사랑의 묘약이야."

"……."

"하지만 키스하면서 반 정도는 진심이었어. 풋풋해서 몰입해 버렸지 뭐야."

그리 말하며 싱긋 웃는다. 옆으로 온 그녀가 경식의 볼에 입을 맞추면서 말했다.

"란시아라고 해. 단도직입적으로 말하자면, 넌 제이크를 꾀어낼 미끼야. 해할 생각은 없고, 더더욱 네가 날 해하게 하기도 싫어서 진정시켜 놓은 거야. 미안하지만 키스를 해 줘서 고맙지? 서로 퉁치자, 꼬맹아."

옆에서 듣고 있던 구미호가 어이가 없다는 듯 말했다.

[야. 너 정말 몸 안 움직여져?]

경식이 고개를 끄덕였다.

'안 움직이네. 추욱 늘어진 느낌이야. 아무래도 지금은 가만히 동태를 살피다가…….'

[좋든?]

'으잉?'

[키스하니까 좋냐고. 프렌치 키스하니까 아주 좋냐고, 응?]

'아니 지금 그게 무슨 소리야?'

[얼~마나 좋으면 약 먹이는 지도 모르고 그냥 후릅흡핥핥핥핥 했을까아?]

울컥!

일을 보다가 납치당하고, 일어나자마자 키스를 당하고, 그게 또 함정이라 몸이 축 늘어진 상태에서 저런 소릴 들으니 경식은 어이가 없고 화가 났다.

'너도 똑같잖아?'

[뭐, 뭐가?]

'너도 갑자기 내 입술 덮쳐서 여우구슬 줬잖아!'

[야! 난 널 구하려고 한 거잖아!]

'어쨌든 기습키스 했잖아?'

[그거랑 이거랑 같냐구우!]

'물론 다르지! 쟤가 더 잘했으니까!'

[뭐어어어어어어!?]

'흥!'

[죽어! 아주 죽어버려! 죽어!]

'가만히 있으면 안 죽인다는데?'

[그래! 가만히 있어라! 가마니처럼 가만히 있어 그래! 어!? 어!?]

'거참 시끄럽네.'

구미호가 뭐라고 하건 말건, 경식은 이를 악물며 이 상황을 타파할 방법을 생각해 보았다.

사실, 마나 구속구라고 해 봤자 경식에게는 소용없는 것이다.

왜냐면 경식은 마나를 사용하지 않기 때문이다.

소울에너지를 사용한다.

하지만 상대방은 그것을 모르고 있는 모양이었다.

'이봐. 다들 움직일 수 있지?'

그 말에 붉은 어금니가 대답한다.

[지금은. 안 된다. 조금 전, 너무 많이 사용. 했어.]

[취이익! 조금 대기! 그렇게만 해 준다면 완전 복귀! 취익!]

'으음. 아무래도 가만히 있어야 하나 보네.'

급히 판단한 경식이 여자에게 고개를 끄덕였다.

"아, 이름이……."

"란시아라니까? 너 이름은 뭐니?"

경식이 머리를 긁적이며 말했다.

"아 저는 경…… 아니. 쿠드라고 해요."

그 말에, 란시아가 빙긋 웃었다.

"쿠드라. 울림이 괜찮은 이름이네. 유머러스하고 단순하고. 우직한 이름인 걸?"

"칭찬해 주니 고맙네요. 음…… 정말 가만히 있으면 저를 해하지 않으실 건가요?"

"당연하지. 해할 데가 어디에 있다고? 그냥 가만히만 있어 주면, 꼬맹이는 무사해."

"제이크는요?"

그 말에, 란시아가 빙긋 웃었다.

"나는 제이크를 잡을 힘이 없어."

"강하니까요."

"하지만 현상금이 현상금인지라, 포기할 생각은 없어."

"그러면요?"

"제보를 할 거야. 제보만 해도 현상금을 받을 수 있거든."

경식이 한숨을 푹 내쉬며 말을 이어 갔다.

"얼마나요? 제이크의 성질을 건드리는 대가가 얼마인지 몰라도……."

"천차만별이긴 해. 정확도가 높을수록 많은 돈을 지급받아. 음~ 제보로 받을 수 있는 최고 금액이 2만 골드인데, 특정 장소에 매복을 하고, 그 장소로 정확한 시간에 제이크가 오게끔 만들면 2만 골드를 충분히 받을 수 있지 않을까?"

2만 골드.

대한민국 돈으로 하면 2억이다.

게다가 충분히 가능성이 있는 이야기였다.

"그래서, 저를 미끼로 쓰는 건가요?"

"아까 보아하니, 제이크와 각별한 것 같아서. 제이크가 제자를 키웠었나 봐? 이렇게 귀여운 제자를?"

란시아가 싱긋 웃으며 경식의 양 볼을 쥐고 늘렸다.

경식은 볼이 한껏 늘려진 채 묘한 표정이 되었다.

란시아는 제이크와 자신의 사이를 스승과 제자쯤으로 보는 모양이다.

뭐, 딱히 틀린 말은 아닌지라 그냥 가만히 있기로 했다.

"그럼 목적지는 어디인가요? 그런데 저희가 어디에 있을지 스승님이 알긴 해요?"

그 말에, 란시아가 고개를 갸웃했다.

"어머. 너는 스승님을 잡겠다는데, 너무 순순한 거 아니야? 쉬운 남자는 싫은데?"

경식이 픽 웃는다.

"스승님이 죽을 거라면 에리오르슈 가문이 망할 때 돌아가셨겠지요."

"호오. 아무리 함정에 빠뜨려봤자 안 죽을 거다?"

"당연합니다. 오히려 잡으려는 쪽이 당하겠지요."

그 말에 란시아가 경식을 지그시 바라본다.

경식 역시 그 시선을 피하지 않았다.

그 동그랗고 매혹적인 은빛 눈동자. 피하지 않았다고는 해도 얼굴이 붉어지는 건 어쩔 수 없는 일인 모양이다.

그것을 본 란시아가 방긋 웃었다.

"이미 널 데려오면서 쪽지 비슷한 걸 남겨놨지. 네 제자는 내가 데리고 있으니, 3일 후 12시 정각에 고른 백작령에 있는 '따사로운 여유'라는 여관으로 오라고 말이야."

상당히 용의주도한 모습이다.

"사실 잡히든 말든 상관없어. 돈만 받으면 되거든. 내가 말한 시각에 제이크가 오기만 한다면, 난 돈을 받을 테니까 상관없어."

"그렇군요."

"이러고 있지 말고 일어나자. 스승님 만나러 가야지?"

"힘이 안 들어가거든요?"

"남자가 근육 좀 이완된 것 가지고 엄살 부리면 못 써요. 누나가 부축이라도 해 줄까?"

"됐습니다!"

경식이 벌떡 일어났다가 휘청 했다. 란시아가 그런 경식의 팔짱을 꼈다.

가슴이 닿아 상당히 폭신했다.

[야! 뭐! 푹신하다고 생각했지, 지금!]

'그, 그럼 안 푹신하냐? 푸, 푹신하구만 뭘.'

[야. 너 지금 작전상 기 모으고 있는 거야. 기 다 모아지면 바로 공격해야 돼. 알간?]

'아, 알지 그럼!'

"옳치. 그렇게 걸어야 착한 아이지."

"으, 으음. 놓으시죠."

"놓고 싶으면 알아서 놓을 거야."

"……."

경식은 란시아의 부축을 받으며 쭈뼛쭈뼛 앞으로 걸어갔다. 제이크가 걱정이 된다고 생각했지만, 생각해 보니 자신이 더 걱정이었다.

"어디로 가는 겁니까?"

"당연히 여기서 가장 가까운 영지. 가까우면서도 가장 무력이 강한 영지를 가겠지?"

"혹시…… 고른 백작령이요?"

"응. 거기밖에 더 있겠어?"

그것을 들은 경식이 안도의 한숨을 내쉬었다.

'일단 행선지는 같네.'

[그래서. 같아서! 중간에 안 나오고 계속 있을 거야, 뭐야? 앙?]

그 말에, 경식이 약간 인상을 찌푸렸다.

'너 아까부터 계속 화낸다? 뭐가 그리 화가 나는데? 혹시 너~ 질투하냐?'

[뭐, 뭐뭐뭐 질투? 지, 질투라니. 질투라니!]

그 말에, 경식이 씩 웃었다.

'우리 주변에 지금 여자가 두 명째라서 그런가. 네 그 노처녀 히스테리가 더 심해진 것 같아서 말이야~'

[야! 누가 노처녀야. 누가 노처녀야! 네가 알아? 봤어! 엉?]

'보, 보긴 뭘 봐?'

[이 변태야!]

이상한 말을 하면서, 구미호는 볼을 한껏 부풀렸다.

구미호의 불길 색깔이 새하얗게 불타오른다. 약간의 온기가 전해지는 느낌이랄까?

란시아가 빙긋 웃었다.

"어머. 조금 붙어 있었다고 이렇게 따뜻하네?"

'아니. 그건 구미호의 불길이 물리력을 행사하고 있는 겁니다만.'

화르르륵.

"빨리 가자. 말 타고 갈 거야."

"말도 있어요?"

"그럼 그냥 왔겠어? 세 마리인데, 한 마리는 보낼 수밖에 없으니 알아서 한 마리 골라서 타. 말 탈 줄 알지?"

"……."

"모르니?"

두 사람과 한 영혼이 그런 이야기를 하며 걸어갔다.

지평선 너머로 해가 떠오르고 있었다.

Chapter 4
란시아

"어휴. 어떻게 말도 탈 줄 몰라?"

그 말에, 경식이 한숨을 푹 내쉬며 어깨를 으쓱였다.

"타본 적이 없어요. 이제부터라도 배워야죠 뭐."

터덜. 터덜.

경식은 어깨를 으쓱이며 자신이 타고 있는 말의 갈퀴를 쓰다듬어 주었다. 그런데 이 녀석이 갈퀴를 쓰다듬는 동시에 우뚝, 서버린다. 그러고는 푸르릉 하는 소리를 낸다.

겁나게 기분 나빠 보인다.

"알았어. 우선 가자. 응? 미안해 나도 너 타고 싶지 않았어, 알았어?"

푸르르릉!

무슨 상전이라도 되는 듯 또다시 터벅터벅 걸어간다.

그것을 보며, 란시아는 빙긋 웃었다.

"채찍을 들면 편해. 말허리 쪽에 있잖아?"

그 말에 경식이 어깨를 으쓱였다.

"내가 아는 녀석이랑 똑같은 말하시네요. 그래가지곤 그냥 부리는 거지, 진짜 마음으로……."

"무른 소리 하는구나? 말은 그냥 말이지. 하여튼 그래도 가는 걸 보니까, 네가 마음에 들지 않는 건 아닌 것 같은데?"

"……엥. 그런 거였어?"

"그래. 그런 거야, 꼬맹아. 싫으면 올라타지도 못하게 했을 거야. 그 녀석, 성격 있는 녀석이었거든."

그러니까 지금, 그냥 앙탈을 부리는 거라는 말이렷다?

경식은 자신이 올라타 있는 녀석을 짐짓 노려봤다.

"너도 흥해룡이냐? 응? 흥해룡이야?"

푸르르릉!

아니 도대체 왜 자신의 주위에는 이렇게 흥해룡이 많은 걸까?

도무지 알 수가 없는 일이었다.

[그러는 너도 흥해룡이거든?]

옆에서 구미호가 흥흥거리며 그런 말을 한다.

경식이 피식 웃으며 말했다.

"너도 마찬가지야."

물론 구미호가 보일 리 없는 란시아는 자신에게 하는 말로 착각을 한 모양인지, 고운 아미를 찌푸렸다.

"나한테 하는 말이니?"

"음. 아뇨 그냥 혼잣말이죠."

"흐응. 그렇구나."

"그나저나 이 말들은 다 뭔가요? 세 마리의 말이 있었잖아요?"

"내 동료들이 타던 말이야. 두 마리 다."

"그 동료들은 어디에 있어요?"

란시아가 어깨를 으쓱이며 되물었다.

"내 동료 어떻게 했니?"

"……?"

"네가 더 잘 알 것 같아서 물어봤어. 뭐라고 하면서 쫓아보냈길래 내 생각도 안 하고 그렇게 자기들 갈 길 갔나 싶어서."

"아아……."

일전에 경식 일행을 공격했던 현상수배범 중 2명이 란시아와 동료였던 모양이었다.

"미안해요."

란시아가 킥킥거렸다.

"꼬맹아. 우리는 너희를 노리고 온 거니까 자업자득 아니겠어? 게다가 나 역시 너희 현상금 노리고 있는 건데, 미안해할 건 없어. 그냥 그러려니 해, 그러려니."

"흐음."

"한 마리는 그냥 보냈고. 그나마 실한 녀석을 태운 거야, 너한테. 뭐랄까~ 알고 보면 좋은 녀석이니까. 앞으로도 레논에게 잘해 줬으면 좋겠네."

"레논? 이 녀석 이름인가요?"

"응. 그 녀석 이름이야. 멋있는 이름이지? 그런데 암컷이야."

"에…… 어울리는 이름은 아니네요."

"주인 성격이 괴짜였으니까. 엉덩이를 보면 상처가 많은 녀석이야. 왜 엉덩이에 상처가 많은지는 굳이 말하지 않아도 알겠지?"

"으음……."

경식은 고개를 돌려 레논의 오른쪽 엉덩이를 바라봤다. 그곳은 수많은 채찍질로 인해 찢기고 아물기를 반복해서 그런지, 피부색 자체가 달랐다.

흉터.

경식은 그 흉터 부분을 자신도 모르게 어루만졌다. 경식의 손이 닿자, 레논이 몸을 움찔하는 것이 느껴졌다.

또다시 채찍질을 당할까 그런 건지, 아니면 항상 맞던 채찍이라 조건반사적인 행동인건지는 잘 모르겠다.

그리고 당연히 느껴져야 할 채찍의 아픔 대신, 부드럽게 어루만져지는 경식의 따스한 손길이 대체하였다.

푸르르릉.

어쩐지 레논의 발걸음이 조금 더 빠르고 부드러워지는 게 느껴졌다.

그것을 바라보던 란시아가 한쪽 눈을 찡긋 거린다.

"어차피 우리의 여행은 영지까지잖아? 그 후에는 그 녀석, 너 줄게."

"앞으로의 여행길이 좀 편해지겠네요."

"왜 여행하는지 궁금하긴 하지만, 물어보진 않을게. 난 현상금만 받으면 되니까~"

"아니 그러니까, 그것도 오해라니까요. 설명 드렸잖아요?"

"중요한 건. 제이크가 현상금이 있다는 사실이니까."

"그러시겠지요~"

경식은 적당히 맞춰 주며 발길을 재촉했다.

사실 그녀와 경식이 백작령까지 함께할 일은 없을 것이다.

'그 전에 빠져나갈 거거든.'

경식은 회색 바람과 붉은 어금니의 힘이 조금씩 회복하고 있는 것을 느끼고 있었다.

아마 저녁 즈음이면 모든 힘을 되찾을 게 분명했다.

*　　*　　*

해가 지평선에 걸치자 주변이 잿빛으로 물들었다. 이게 왠지 멋있어 보여야 하는데, 경식은 왠지 모를 기이한 감정을 느꼈다.

'뭔가 핏빛인 것 같은…….'

하지만 구미호는 생각이 다른 모양이다.

[좋은데? 왠지 불같잖아?]

'그래 뭐…… 핏빛이라고 생각하는 나보단 네가 낫다.'

[그거 알아? 불이 꺼지고 나면 어둠이 남는 거. 그리고 날이 밝으면, 아무것도 남지 않아서 새로 시작할 수 있어. 그건 마치…….]

구미호가 말을 하다 말고 빙긋 웃기만 했다.

경식은 그런 구미호에게 굳이 캐묻지 않았다. 그저 자신의 손을 쥐락펴락 하면서 여분의 힘을 확인했다.

여분이라고 할 것도 없다.

그의 소울에너지와, 회색 바람과 붉은 어금니의 소울에너지까지 모두 회복된 상태였다.

경식이 살짝 힘을 끌어올린 후, 자신의 손에 메여 있는 구속구를 당겨 보았다.

철컹. 철컹!

사슬이 끊어질 듯이 늘어나는 것이 보였다.

역시. 마나 구속구 따위는 소울에너지를 사용하는 경식에게는 통하지 않는 모양이었다.

경식이 등 뒤로 서 있는 란시아를 바라보며 어깨를 으쓱였다.

제압하고 당당히 벗어날까?

아니면 그냥 도망치는 게 나으려나?

경식이 그런 생각을 하고 있는 걸 란시아는 모르는지, 계속해서 석양을 바라보고 있었다.

하긴. 보는 이에 따라서는 예쁜 석양일 수도 있겠다.

'그냥 도주하는 게 낫겠다.'

사실 란시아를 제압하고 가는 것도 나쁘지 않은 선택인 것 같다. 충분히 그럴만한 명분도 있고, 사실 따지고 보면 란시아는 경식을 납치한 납치범이기도 하니까.

하지만 봐주기로 했다.

'뭔가, 그녀는 미워할 수 없는 힘을 가지고 있다고나 할까?'

구미호가 빈정거렸다.

[가슴이 커서 그렇겠지.]

'아니거든!'

[쯧쯧. 남자들이란…….]

그리 말하면서도 구미호 역시 경식의 생각에 반대하진 않는 모양이다.

그렇게 슬슬 빠져나가려고 할 때, 란시아는 경식을 돌아보지 않으며 낮게 읊조렸다.

"누군가가 오고 있어. 숨어 있진 못할 테니까, 그냥 가만히 있어."

"……음?"

지평선 쪽을 바라보자, 그곳에는 일단의 무리가 경식 쪽으로 다가오고 있었다.

대충 열 명 정도 되어 보이는데, 행색을 보아하니 보나 마나 도적들이었다.

다가온 도적들은 씩 웃으며 경식과 란시아를 번갈아 바라보더니, 휘파람을 불었다.

"휘익! 미녀에, 미남이로군? 팔아먹으면 돈 좀 되겠어?"

그 말에 란시아가 활짝 웃었다. 양손을 뒷짐 지고, 가슴을 앞으로 내민 모습이 청순하고 섹시하고, 귀엽게까지 보인다.

하지만 그것은 뒤쪽에 숨긴 단검을 뽑아내려는 의도다. 검을 뽑아드는데 날 갈리는 소리마저 나지 않는 것이 신기할 정도다.

란시아의 입가에 미소가 그려졌다.

경식과 있는 반나절 동안 단 한 번도 보여 주지 않았던 화사하고 매력적인 미소였다.

그런데 그 매력은 편안한 매력이 아니라, 자칫 잘못하면 남편을 먹어버리는 과부 거미 같은, 말 그대로 치명적인 매력이 도사리고 있었다.

그 미소를 본 남자가 인상을 찌푸리며 뒤로 한 발자국 물러났다.

"쉽진 않겠군?"

"나 어려운 여자 아닌데?"

"클클클! 애들아 뭐 하냐! 우린 열이다!"

차앙!

열 명이 병장기를 뽑는 소리가 청명하게 들려 왔다.

그 소리를 들은 란시아의 미소가 약간은 옅어졌다.

검을 뽑는 호흡을 들으면 서로 얼마나 긴밀한지 알 수 있다.

개개인의 실력도 중요하지만, 단체의 호흡이 얼마나 한 사람 같이 움직이느냐가 더욱 중요하다.

이들의 호흡은 꽤나 좋았다.

"보통 놈들이 아니구나, 너희들?"

란시아가 다시금 활짝 웃으며 검을 뽑아 들었다. 그리고 뒤를 돌아보며 말한다.

"미안한데, 구속구는 풀어 줄 수 없어. 그래도 해 온 가닥이 있으니 요리조리 잘 피해 다녀 봐. 알았지?"

그 말을 끝으로, 그녀는 걸치고 있던 망토를 들어 자신의 몸을 가렸다.

그러곤 사라졌다.

"……!?"

떠들어대던 두목 녀석의 표정이 바짝 굳었다.

갑자기 눈앞에서 여자가 사라진 것이다.

"이게 뭐……!"

말을 하던 산적의 몸이 모로 쓰러졌다.

그의 목 뒤에는 란시아가 들고 있던 칼이 박혀 있었다.

피가 튄다!

치이이익!

바로 옆에 있던 산적이 화들짝 놀라며 뒤로 물러났는데, 그런 산적을 반겨 주는 것은 내려 찍어오는 부츠였다.

빠각!

산적의 얼굴이 함몰되며 뒤로 넘어갔다. 하지만 그게 끝이 아니었다.

취힝!

란시아의 다리가 땅에 떨어지기가 무섭게 뒷굽에서 바람이 뿜어져 나온 순간, 그녀가 곡예라도 하듯 뒤집혔다.

그를 공격하던 란시아의 다리가 다시금 그의 턱을 덮쳤다.

이번엔 뒷굽이 아니라 앞굽이다.

앞굽에는 칼날이 박혀 있었다.

빡! 하는 소리와 함께 턱 아래에 바람구멍이 생긴 산적이 뒤로 넘어갔다.

쿵!

란시아가 피가 잔뜩 묻은 망토를 털었다.

그녀의 얼굴은 수줍은 듯 붉게 물들어 있었다.

"날 상대해 줄 다음 남자?"

8명의 산적이 주춤주춤 뒤로 물러난다. 이미 두목이 당하고, 옆에 있던 부두목이 당한 상태에서 그들의 전의는 모두 상실된 상태였다.

란시아의 표정이 실망으로 물든다.

"이거 왜 이래? 나 되게 쉬운 여자라니까?"

"아니 저 그게……."

"자기들. 돈 가진 거, 있어?"

"……."

"있으면 살려는 드릴게."

돈이 없다면 죽이겠다는 소리였다.

하긴, 자신들은 둘을 팔아먹으려고 했으니 당연하다면 당연한 처사이다.

주춤주춤 물러나던 산적들이 갑자기 뒤를 돌아서 뿔뿔이 흩어지기 시작했다.

돈이 없는 모양이었다.

그런데 흩어지는 중에 경식을 지나치는 3명 정도의 산적들이 있었다. 그들은 병장기를 꺼낸 후, 지나치면서 경식에게 휘두를 생각인 듯했다.

경식은 어이가 없었다.

"뭐야. 어찌 되었건 날 베고 지나가겠단 거잖아?"

경식이 그런 말을 하고 있을 때, 그것을 본 란시아가 다급하게 소리쳤다.

"비, 비켜 서! 피해!"

"으음."

[비켜 주지 마. 아주 아작 내버려!]

"넌 왜 그렇게 공격적이야? 비켜 줘야지."

경식은 어깨를 으쓱이며 옆으로 비켜섰다.

하지만 란시아의 다급한 표정을 확인한 산적은, 씩 웃으며 경식이 비켜 선 길로 가지 않고 그의 멱살을 잡아챘다.

아무래도 구속구로 손이 묶여 있으니 만만해 보였나 보다.

경식의 목에 칼을 댄 산적이 이를 드러내며 득의양양한 미소를 지었다.

란시아의 눈동자가 눈에 띄게 흔들렸다.

"이럴 필요 있어? 보내 줄 테니 그냥 가지그래?"

"클클클. 예쁘장한 이 녀석이 정부라도 되냐? 얼굴에 칼침이라도 놔 줄까, 남자답게?"

산적은 그런 말을 하며 경식의 왼쪽 뺨을 칼로 찌른 후 그대로 내리그었다.

목숨에 연관된 것이 아니니 상대를 자극하기에도 충분했고, 여차하면 목을 벨 수도 있다는 걸 보여 주기 위함이었다.

기긱. 기기긱!

산적의 얼굴이 더욱 악랄해졌다.

"봐라! 이 예쁜 얼굴이 제법 남자다워⋯⋯?"

손에 전해지는 감각이 왠지 이상했다. 마치 바위를 긁는 것 같다.

의문을 가지며 고개를 돌려 경식을 확인한 순간, 그와 눈이 마주쳤다. 경식은 산적을 멍하니 바라보고 있었다.

회색 눈동자가 번뜩였다.

"그냥 가랄 때 가지."

"아, 아니 얼굴이⋯⋯?"

상처 하나 없다?

"하지만 너는 뼈가 으스러지겠지."

경식이 자신을 안고 있다시피 한 산적의 오른팔을 잡고 그대로 휘둘렀다.

산적의 등과 땅이 마주쳤다.

파앙!

그의 몸이 공처럼 튀긴 후 내려앉았다.

산적은 게거품을 입에 물고 눈을 까뒤집은 채 덜덜 떨고 있었다. 오줌까지 지린 탓에, 주변 풀들에게 영양분을 공급해 주고 있다.

아마 그가 요 근래 한 일 중 가장 세련되고 멋진 일일 것 같았다.

"땅이 흙이라서 다행인 줄 알아요. 아스팔트였으면 척추가 산산조각 났을 거니까."

경식은 란시아를 바라봤다.

"너, 너. 너⋯⋯!"

란시아의 표정은 하늘을 나는 고래라도 본 듯, 강렬한 경악을 담고 있었다.

하긴. 처음 보는 능력일 것이다.

"그쪽 능력도 충분히 웃기거든요?"

경식은 한숨을 내쉬며 눈을 감았다.

곧 그의 양손에는 보라색 아지랑이가 뭉게뭉게 피어올랐다.

힘을 준다.

빡!

구속구를 연결하는 쇠사슬이 끊어졌다. 그 후, 두 구속구를 세게 맞부딪쳤다.

꽈각!

구속구 전체가 산산 조각나며 우수수 떨어져 내렸다.

그것을 바라보던 란시아가 입을 쩍 벌렸다.

"홋. 놀랐어요? 이런 것쯤은……."

"비싼 건데……."

"푸헐!"

뭔가 멋을 부릴 상황에서 이상한 말이 튀어나오자 어이가 없다.

"아이고 됐거든요!"

경식이 그리 말하며 한 발자국 다가갔다. 그러자 란시아가 뒤로 물러나며 망토의 끝을 잡았다.

여차하면 다시금 모습을 감추려는 듯했다.

"해볼 테야?"

"음…… 그냥 절 보내 주면 해 보지 않을 건데요."

"해 보겠단 거잖아, 그게?"

"뭐 그렇다면 어쩔 수 없죠?"

경식이 그런 말을 하면서 자세를 낮췄다.

란시아 역시 입술을 말아 올리며 화사하게 웃었다.

윽. 저 웃음을 적이 아닌 경식에게 보내오다니.

정말로 경식에게 덤벼들 생각인 모양이었다.

[왜. 슬프냐? 원래 적이었어! 가슴 크면 적도 아군처럼 보이냐? 앙?]

'가슴 때문이 아니거든! 그런 거 아니거든!'

어이가 없어진 경식이 그리 말하는데, 란시아가 말을 이어갔다.

"내가 본 너는, 힘이 좀 세. 그리고 무엇보다 피부를 딱딱하게 만드는 뭔가를 할 수 있는 것 같아. 그건 칼도 뚫을 수 없을 테고. 그렇지, 꼬맹아?"

"그렇죠. 아주 질긴 피부를 가지고 있습니다."

"그렇지? 강철처럼 단단하고. 고무처럼 탱탱한 그런 피부를 가진 거지?"

란시아의 시선이 경식의 눈에서부터 점점 아래로 내려가더니, 중심 부분에서 멈추었다.

경식이 얼굴을 붉히며 뒤로 주춤 물러난다.

"지, 지금 무슨!"

사락!

그녀가 보이지 않았다.

하지만 곧 느낄 수 있었다.

뒤통수에 몽둥이 같은 게 작렬한다!

꽝!

경식의 양 발이 땅 속으로 깊게 들어갔다. 그 정도로 엄청난 공격이 가해진 것이었다.

"끄응!"

경식은 앞으로 한 발짝 걸은 후 뒤돌아섰다. 그러자 란시아의 신발 굽이 경식을 덮쳐 왔다.

경식은 그것을 잡으려고 손을 뻗었다. 잡을 수 있는 속도였다.

하지만 피융! 하는 경쾌한 소리와 함께 신발에서 압축된 공기가 분사되며 가속도를 더했다.

결국 잡지 못한 신발 굽이 경식의 얼굴을 정통으로 가격해 들어왔다.

경식이 입을 벌렸다.

입에서 강력한 충격파가 뿜어져 나왔다.

공중에 떠 있는 그녀는 속수무책으로 당할 수밖에 없었다.

화앙!

물론 경식은 그녀를 밀어내려는 속셈이었고, 덕분에 금방 정신을 차린 란시아가 공중에서 다시금 공기를 분사하여 앞으로 날아왔다.

양손에는 이미 두 자루의 검이 들려 있었다.

그것이 경식을 베려 했기에, 경식은 손을 십자로 교차하여 그것을 막아내려 했다.

헌데 그녀의 양 발이 쫙 펼쳐지며 부츠 뒷굽에서 동시에 공기가 분사되었다. 그게 그녀의 몸을 강하게 회전시켰다.

옆회전이 아니라 앞회전이다.

텀블링을 하듯 돌면서 오는 것이, 거대한 공과도 같았다.

역수로 쥔 두 개의 단검이 경식의 양어깨를 찍어 왔다.

마치 거대한 맹수의 송곳니와도 같은 공격!

"으윽!"

경식이 빠르게 뒤로 물러났지만 그것까지 계산했는지, 공격이 빗나감과 동시에 그녀는 가랑이를 쫙 절려 경식의 양어깨를 후려쳤다.

빠각!

"끄윽!"

경식이 넘어지지 않고 버텼다.

곧 경식과 란시아의 자세는, 란시아가 양 다리로 경식의 어깨를 지지한 상태가 되었다.

무등을 앞으로 탄 상태.

경식은 그녀의 배를 보게 되었고 풍만한 가슴이 경식의 머리를 짓누르는 묘한 상태가 되었다.

경식의 얼굴이 화악 달아오른다.

"무, 무슨 짓입니까!"

그때, 달착지근하면서도 타액처럼 끈끈한 목소리가 경식의 귓가에 속삭였다.

"아직 시작도 안 했는데?"

동시에 그녀의 양 다리가 경식의 목을 강하게 졸랐다. 졸지에 그녀의 사타구니가 경식의 눈앞까지 다가오는 대참사(?)가 일어났다!

"으읍. 으으으읍!"

꽈아아악.

경식이 놀라는 것과는 별개로, 숨이 턱 막혀 왔다.

실로 엄청난 압박감이었다.

목이 졸리고 있다.

답답했다. 숨을 쉴 수가 없었다. 하지만 그것은 숨이 막혀서 쉴 수 없는 것과는 종류가 다른 괴로움이었다.

사타구니가 바로 앞에 있으니, 코로 숨을 쉬기가 곤란한 것이었다.

그것을 아는지 모르는지(아마 알고 있을 듯하다), 란시아가 암고양이 같은 표정을 지었다.

반면, 사타구니에는 힘을 꽉 쥐어 경식의 목을 조르면서 말했다.

"이거. 서비스가 너무 좋은가?"

"으읍! 으으으읍!"

"꼬맹이가 제법인데? 목이 졸리고도 이렇게 멀쩡하게 발버둥 치다니."

한편 옆에서 그 광경을 바라보고 있는 구미호는 여러 가지 의미로 미쳐버릴 지경이었다.

[야! 이 계집년아! 어디서 끼를 부려, 이게!]

화르르륵!

그녀의 여우 불이 새하얗게 변하며, 물리력이 행사될 만큼 높은 열기를 발산했다.

[당장 떨어져 이년아아아아아아아!]

그러고는 그녀의 등 뒤로 달려든다.

촛불이 근처에 있는 것만큼의 열기가 란시아의 복숭아 같은 엉덩이에 작렬한다!

싱긋 웃던 란시아의 표정이 뜨악하게 변했다.

"어마아앗!"

가랑이에 힘이 풀린 란시아가 풀썩 넘어졌다. 경식 역시 정신을 차리지 못하고 뒤로 발라당 넘어졌다.

경식의 얼굴은 잘 익은 홍시처럼 붉게 달아올라 있었다.

구미호가 어이가 없다는 듯 경식에게 다가가 말했다.

[좋냐? 응? 좋아? 아주 좋아 죽겠지, 그치?]

"에…… 아니. 끄으으으응."

경식이 한숨을 내쉬며 자리에서 일어났다.

뭐랄까.

일어났음에도 불구하고 현기증이 돈다. 머리가 핑 돌아서 제대로 서 있는 게 불가능할 정도였다.

재차 추궁이 들어온다.

[좋냐? 응? 아주 좋았어? 엉?]

"아, 아니 그게……."

경식이 그러는 동안, 정신을 차린 란시아가 다시금 경식에게로 달려들었다.

특유의 부츠를 이용해서 높이 도약한 그녀는, 경식의 앞에서 크게 회전하며 돌려차기를 먹였다.

깡!

물론 회색 바람과 빙의를 하고 있는 경식은 단단한 내구력을 가지고 있어서, 고개가 조금 꺾이는 것으로 그쳤다.

경식은 더 이상 싸우기 싫은 마음에 뭐라고 말을 하려다가 보고야 말았다.

그녀의 엉덩이를 말이다.

바지의 보호(?)를 받고 있어야 마땅한 그녀의 엉덩이가 구미호의 불길에 타올라서인지 복숭앗빛을 내뿜고 있었다.

"꺄아아악!"

그것을 알아차린 란시아가 비명을 지르며 뒤로 파바박 물러나던 중, 돌부리에 걸려 발랑 넘어졌다.

그녀의 몸매가 워낙 공격적(?)인지라, 땅에 닿아 만들어진 엉덩이의 굴곡마저 경식의 눈을 어지럽혔다.

결국.

푸하악!

경식의 코에서 붉은 피가 분수처럼 뿜어져 나왔다.

코피라니!

정말 만화에서나 나올 법한 장면인데, 실제로 일어났다.

'어, 어쩐지 석양을 볼 때부터 피처럼 보이더라니.'

지금과 같은 일이 일어나려고 그랬던 모양이다.

Chapter 5

고른 백작령

　결국 경식은 란시아에게서 벗어나지 못했다.

　물론 그녀 역시 배낭에 여분의 바지가 있었고 금방 갈아입어서 이제는 노출부위(?)가 멀쩡했지만, 왠지 미안했다.

　물론 경식이 납치를 당한 상태였었기 때문에 가려면 그냥 갈 수도 있었다.

　하지만 생각해 보니 도망가는 건 좀 아닌 것 같았다.

　아닌 게 아니라,

　도망치면 도대체 어디로 가야한단 말인가?

　이곳이 한국처럼 GPS가 발달된 것도 아니고, 길도 잘 모른다. 그러니 지금 나와 봤자 제이크나 슈아. 덤으로 왕년 노인이 어디에 있는지 알 길이 없는 것이다.

경식은 한숨을 푹 내쉬며 캠핑 준비를 끝마치고 모닥불에 앉아 있는 란시아를 바라봤다.

"아, 아. 저……."

란시아가 짐짓 울먹이는 표정을 지으며 경식을 노려봤다.

"이렇게까지 하고 싶었니? 꼬맹이, 생각보다 누나 많이 힘들게 한다?"

"아니 뭐…… 음. 제가 한 거 아니거든요? 그건 다른……."

다른 사람인 구미호가 했다고 말해 봤자 보이지 않으니, 믿어 주지 않을 것이 분명했다.

"코피까지 흘리더라?"

"그, 그건 누나한테 많이 맞아서 그런 거거든요!"

"흥. 웃기고 있네. 검으로 내려쳐도 흠집 하나 안 나던 애가 그런 말을 하고 있어."

그렇다. 정말 웃기고 있었다.

"어휴. 아무튼 미안해요."

그 말에, 란시아가 어깨를 으쓱였다.

"여분의 옷이 있었으니 넘어가 줄게. 그게 아니었으면 크게 혼내고 바지도 빼앗아 입었을 거야."

"그건 좀……."

……

그 이후에 둘은 말이 없었다. 그저 하염없이 모닥불만 바라보았다. 란시아는 먼저 자겠다며 간이 텐트에 몸을 뉘었고, 경식은 그런 란시아를 바라보며 고개를 갸웃했다.

"도망갈 거라고 생각 안 해요?"

란시아가 텐트 안에서 건성으로 대답했다.

"내가 잡을 수도 없고. 도망갈 수 있었더라면 벌써 도망갔을 것 같은데?"

"음……."

"쿠드는 똑똑하잖아? 그러니까 나랑 가는 게 번거롭지 않게 제이크와 합류할 수 있는 길이란 걸 알지 않겠어?"

'으음 정곡을 찔렸군.'

[아직 정곡을 찔린 건 아닌 것 같은데? 너 지금 저 계집애랑 같이 있고 싶어서 그런 거잖아? 응?]

"……."

정곡을 찔렸다.

"아니거든!"

"뭐? 지금 너 반말했니? 너 힘세면 누나한테 반말해도 되는 거야?"

"아, 아니…… 으음. 아닙니다."

"잠이나 자두렴. 내일쯤이면 도착할 거야."

그 말을 끝으로 그녀는 말이 없었다.

경식 역시 한숨을 내쉬며 할당 받은(?) 모포를 덮고 눈을 감았다. 구미호 역시 경식의 자리를 맴돌다가, 그의 머리맡에서 잠이 들었다. 구미호의 불은 적당한 온기를 동반하기 때문에 경식 역시 거부감이 없었다.

그리 잠이 들려 할 때였다.

멀리서 익숙한 소리가 들려 왔다.

—헐헐헐. 드디어 찾았구먼?

왕년 노인이었다.

잠이 들려던 경식이 눈을 부릅뜨며 벌떡 일어났다.

"뭐야. 어떻게 왔어요?"

—어떻게 오긴? 어차피 가는 방향은 같을 테니 앞장서서 와 보았지. 제이크가 얼마나 분에 못 이겨 하던지, 쯧쯧. 잠자리에 같이 있는 것보다 이게 더 나을 것 같아 계속 찾던 중이었네. 왕년에 내가 추적의 달인이라 불리던 때가…….

[됐고! 일행은 어디에 있어?]

자신의 왕년 자랑이 막히자 노인이 쯧쯧 혀를 찼다.

—으잉 성질 급하긴! 다들 잘 오고 있네. 이곳에서 한 5시간 정도의 거리일 테지.

"꽤나 늦어졌네요?"

—자네 찾으려고 한동안 정체되어 있었거든. 제이크가 혼자 로열티를 타고 자네를 찾겠다고 얼마나 난리를 피우던지

말이야. 얼마나 힘들었는지 모른다네. 슈아가 간신히 뜯어말렸어. 아까도 말했지만 어찌나 조바심을 내던지 말이야. 그런데 자네는 납치당한 것치고는 꽤나 방치되어 있구만 그래?

"으음. 있다 보니 그렇게 되더라고요?"

[있다 보니 그렇게 되더라고? 하! 웃기고 있네 완전 계집애가 엉덩이 까니까 헤벌레~ 해 가지고.]

"뭐, 뭐야?"

[또 볼라고. 어찌어찌하면 또 볼 수 있을 것 같아가지고! 그래가지고 같이 다니는 거잖아, 지금?]

"아니거든. 아니거든!"

구미호의 표정이 은근하게 변했다.

[그런데 왜 그렇게~ 저 계집애 뒤태만 보고 있었을까아?]

"아, 아니야. 아닙니다요!"

[왜. 또 가서 태워 주리? 또 태워 줘! 아앙!?]

경식은 구미호의 입심에 질리겠다는 표정을 지었다. 아니, 도대체 왜 저러는지 경식으로선 하나도 모르겠다.

―엉덩이를 깠다고? 어떤 여자가. 어떤 여자가 말인가!

괜히 흥분한 왕년 노인이 콧구멍을 벌렁거리며 야릇한 표정을 지었다.

늙은이의 흑심은, 보는 이로 하여금 상당히 기분을 불편하게 만드는 무언가가 있었다.

"우, 우선 뭐랄까…… 도, 도망쳐 나와 봤자 갈 곳도 딱히 없고요. 괜히 엇갈리면 일만 더 벌어질 것 같아서……."

─이제는 내가 왔으니 그럴 일도 없겠구먼. 이제 슬슬 합류하는 게 어떤가? 모두가 걱정 중이네.

"으음…… 길은 아시고요?"

─걱정 말게. 길을 모르겠는가?

"흐음……."

경식은 이유 없이 발길이 떨어지지 않는 것을 느꼈다.

'뭐여. 스톡홀름 신드롬이라도 내가 겪고 있는 건가?'

스톡홀름 신드롬이란, 납치범에게 납치당한 사람이 감정이입을 하여 사랑 비슷한 감정을 느끼게 되는 현상을 말하는 것이었다.

꽤나 웃긴 현상이긴 하고 말이 안 될 것 같지만, 의외로 이런 경우가 왕왕 발생하는 모양이다.

'내가 그런 건가?'

역시나 발이 떨어지질 않는다.

그런 생각을 하고 있는데, 구미호가 혀를 끌끌 찼다.

[네가 왜 그런 줄 알아? 가슴 크고 엉덩이 크고 얼굴도 예쁘장한 계집애라서 그래!]

"헙!"

또 정곡을 찔렸다.

아니라고 말하려고 하는데 입에서 나오는 말은,

"어버버버."

[흥! 하여튼 천 년 전이나 지금이나 남자들이란…… 쯧쯧.]

"왠지 네 경험에서 우러나오는 말 같다?"

이번엔 구미호가 화들짝 놀랄 차례였다.

[흥! 마, 맘대로 생각해!]

"응, 그러려고."

이유야 어찌 되었건 어쩔 수 없었다. 경식은 왠지 무거운 마음을 뒤로하고 자리에서 벌떡 일어났다. 그러곤 적당히 살살 앞으로 나아갔다.

'아 왜 찝찝하지? 이 기분 뭐지?'

경식이 그런 생각을 하며 멀어지던 중, '엉덩이'와 '가슴큰'과 '예쁘장한'이란 단어를 들은 왕년 노인이 그녀의 얼굴을 굳이 확인하려 막사 안으로 들어갔다.

그리고 눈을 부릅뜬다.

—아니. 이 아이가 이곳에 있었군.

"……?"

경식이 걸어가다 말고 멈춰 섰다.

"무슨 소리예요? 아는 사람인가 봐요?"

왕년 노인이 혀를 끌끌 차며 고개를 끄덕였다.

—이 아이 이름이 란시아가 맞는가?

[……아는 계집이야?]

—알다마다. 이 녀석, 불쌍한 녀석일세. 너무 계집, 계집,
하지 말게나.

아스펠레거 란시아.

한때 잘 나가던 상인 가문 아스펠레거 가문의 장녀이자,
훌륭한 트레져 헌터.

그녀는 가문의 장녀이긴 했지만 여자였고, 덕분에 차남인
아스펠레거 란컨이 가문을 이어 갔다. 대신 장녀인 그녀는 가
문의 재산 중 30퍼센트를 가지고(훔쳐서) 집을 나갔고, 집을
떠난 지 5년 후, 훌륭한 트레져 헌터가 되어 대륙을 종횡하고
다녔다.

그 이후 3년 동안 그녀는 온갖 던전을 다 털고 다니며, 자
신이 훔치고 달아난 가문의 돈을 다 갚았다.

그녀의 돈 버는 재주는, 과연 아스펠레거 가문의 피를 이었
다고 하기에 충분하고도 남음이 있었다.

그렇게 그녀를 내놓았다시피 했던 아스펠레거 가문 역시,
그녀를 인정하고 다시금 돈독한 사이가 되었다. 그녀의 아버
지 역시 그녀를 인정했다.

가족이 다시 뭉쳤고, 행복한 순간만 남았다고 생각했다.

하지만 일선에서 물러난 아버지가 암흑가의 손길에 놀아난
것이 문제였다.

도박. 그리고 여자.

그녀의 아버지가 흥청망청 돈을 쓰던 것도 아니었다. 잃을 땐 잃고, 딸 땐 또 따고. 물론 모두 합산해 보면 적자였지만, 지금껏 고생한 아버지가 그 정도 지출을 내는 데에 눈살이 찌푸려지진 않았다.

모두 아버지의 자본을 이어받아 유지되는 아스펠레거 가문이었기 때문이다.

하지만 어느 순간부터 그녀의 아버지가 이상해졌다. 눈빛은 퀭해지고 멍하니 하늘을 바라보는 때도 있고, 말 그대로 폐인이 되어만 갔다.

얼마 안 있어 그의 아버지는 목을 매달아 자살을 했다.

가족들에게 미안하다는 말을 남기고서 말이다.

알고 보니, 아버지가 손대던 도박이 합법에서 불법으로 이어졌다. 아는 사람들만 알고 있는, 권문세가들만이 가입할 수 있는 비밀 길드에 가입하여 도박을 하기에 이르렀던 것이다.

한평생 벌어놓은 돈을 잃기가 이렇게 쉽다니…… 나는 지금껏 고운 모래 입자를 쥐고 있었나 보다. 쥔 힘을 풀면 우수수 떨어져 내리는…… 너희를 볼 낯이 없어 보지 않으려 한다. 이런 나를 이해하지 말거라. 용서하지도 말거라. 그리고 아비처럼 되지도 말거라.

유언장에는 이렇게 쓰여 있었다고 한다.

아스펠레거 가문의 모든 재화와 상권이 모두 도박 빚으로 탕진되고도 곱절의 빚이 남은 상태였다.

그의 동생은 그 충격으로 시름시름 앓다가 병을 얻었다.

불치병이었다.

그 불치병을 간호하던 동생의 아내 역시, 그 병이 옮아버렸다. 그리고 그 지역 전체에 돌림병처럼 그 병이 옮아갔다.

영지는 타들어 갔다.

그렇게 그녀는 혼자가 되었다.

그녀의 가문이 가지고 있는 거대한 빚더미와 함께 말이다.

그녀는 그 빚을 다 갚아나가야 한다.

동생들이 남긴 유일한 자식이 볼모로 그 길드에 잡혀 있으니 어쩔 수 없었다.

그 이후로 그녀는 안 해본 일이 없다. 현상금을 노리고, 던전을 들쑤시고. 그렇게 그녀는 강해졌고 메말라 갔다.

"……."

거기까지 설명을 들은 경식은 발걸음을 멈췄다.

그리고 뒤돌아 자신이 누워 있던 자리에 그대로 누웠다.

"어떻게 그런 걸 다 알죠?"

이미 경식은 떠나지 않기로 마음을 굳힌 모양이다.

왕년 노인이 헐헐 웃음을 토해 냈다.

—내가 죽은 지 꽤 되었지만, 영혼이 되어 이곳저곳 돌아다닌 전력이 있네. 그때 알게 된 많고 다양한 지식 중 하나라고 생각하게. 그녀는 참 불쌍한 여자야. 아마 지금쯤…… 스물아홉 정도 되지 않나 싶네만.

[아홉수네, 아홉수야.]

구미호 역시 사연을 듣고서 더 이상 란시아를 안 좋게 말할 수가 없었다.

"어차피 가야 하는 길이고…… 제이크가 잡힐 것 같지도 않고. 그냥 제보 비라도 받게끔 해 주죠. 꽤나 큰돈이잖아요."

그 말에 아무도 이견이 없었다.

—그럼 난 먼저 돌아가 제이크에게 말해 놓겠네.

왕년 노인이 지그시 웃으며 심연처럼 검은 밤하늘을 날아갔다.

영체화 한 그의 모습이 희미해졌다.

아니.

희미해지다가 다시금 선명하고 가까워졌다.

다시금 돌아온 것이다.

—헐헐. 내가 온 길이 어디더라?

[야이 늙은 멍청아!]

"……."

그랬다.

애초에 이곳에서 떠날 수 없었던 것이었다.

*   *   *

그 이후 경식 일행은 란시아를 고분고분 따라 고른 백작령으로 들어갔다. 고른 백작령은 꽤나 많은 인구가 밀집되어 있는 주요 도시인지 건물들이 다 높고 화려하기 그지없었다. 광장도 있었고 분수도 있었다.

하지만 이상하게도 그곳은 활기차지 않았다.

모두의 얼굴에 조금씩이지만 무언가 부정한 감정이 묻어나와 있었다.

그것을 보며 란시아가 옅은 한숨을 쉬었다.

"웃는 사람이 한 명도 없네."

"왜 그런 거죠?"

그 말에, 란시아가 애써 웃었다.

"여기, 전쟁 중이거든 사실."

"아아."

전쟁.

경식은 책으로나 뉴스에서만 들어 본 단어였다.

하지만 알고 있었다. 영지가 하나의 나라 같은 개념인 이곳에선 나라와 나라 간의 분쟁이 잦았고, 인권이란 것이 그의 세계와는 비교도 되지 않을 정도로 희박한지라, 영주의 욕심으로 인해 전쟁이 잦다는 사실을 말이다.

거기서 이겨봤자 영주의 몫만 늘어난다.

전쟁은, 평민에게 있어선 정말이지 이겨도 손해, 져도 손해인 해악 같은 존재였다.

란시아의 말로는, 이곳은 전쟁을 거의 1년째 계속하고 있다고 하였다.

시민들의 삶이 팍팍해질 만한 일이었다.

"어디를 가는 거죠?"

경식의 말에, 란시아가 무감각하게 말했다.

"나는 너로 하여금 제이크를 약속 장소로 꾀어낼 거야. 그리고 약속날짜는 하루 정도 남았지. 내가 뭘 할 것 같니?"

"내가 먼저 물어봤는데……."

대답을 바라고 한 말도 아닌 모양이었는지, 답이 흘러나왔다.

"영주의 성으로 갈 거야. 도착하면, 최대한 불쌍하고 억울한 표정을 지어 보이도록 해. 알았지?"

란시아는 이곳에 있는 피폐한 영지민들의 얼굴을 보기 힘들다는 듯 걸음을 재촉했다.

경식은 그런 란시아의 뒷모습을 따라 걸어갔다.

*   *   *

영주의 저택은 고요했다.

저택은 평범했고 그 흔한 정원사도 한 명 없었다. 모든 인원이 전쟁에라도 투입된 듯, 떠나가라 기합소리와 병장기 소리가 들려오는 것을 제외하면, 정말이지 을씨년스러운 풍경이다.

란시아는 당당하게 대문 쪽으로 걸어갔다. 경비병 둘이 그런 란시아와 경식을 저지했다.

하지만 란시아가 경비병에게 귓속말로 뭐라고 속삭이자, 여자라고 얕보는 표정이던 경비병이 잔뜩 긴장해서 저택 안으로 들어갔다.

그가 다시 돌아온 후, 란시아와 경식은 정중한 안내를 받으며 안으로 들어갈 수 있었다.

하지만 저택으로 안내할 줄 알았던 경비병은 다른 곳으로 발걸음을 옮기고 있었다.

경비병이 멈춘 곳은 바로 연무장이었다.

그곳엔 수많은 병사와 그들과는 달리 갑옷을 입고 있는

한 명의 기사가 있었다.

그 기사는 모두가 볼 수 있는 단상 위에서 검을 휘둘렀고 병사들이 그것을 따라 창을 휘두르고 있었다.

그때, 두 사람을 확인한 그가 구슬땀을 닦으며 다가왔다. 햇살에 땀이 마르는지 수증기가 갑주 표면으로부터 피어올랐다.

"반갑군. 고른 백작령의 기사단을 맡고 있는 리펠이라 하오. 아스펠레거의 여망나니가 이곳에는 어인 일로 오셨소?"

그 말에 란시아의 얼굴이 찌푸려졌다.

"나. 란시아를 알면서 그런 말을 하시나요?"

리펠이 빙긋 웃으며 고개를 끄덕였다.

"수틀리면 다 엎어버리는 그 성정을 내가 왜 모르겠나? 하지만 여기서. 나를 상대로 그럴 것 같지는 않아서 말이오."

"정공법으로 안 되어도 어떻게든 복수를 한다는 독사 같은 성정은 소문으로 안 들어보셨나 보죠?"

란시아가 화사하게 웃었다.

리펠의 웃는 낯이 살짝 굳었다.

"이번에 들었으니, 지금부터 조심하면 되지. 흘."

리펠이 진지한 어조로 되물었다.

"그래서. 당신이 우리 영주님을 보려는 이유가 무엇이오?"

"영주님께 직접……."

"영주님께선 지금 전쟁 통에 바쁘시오. 당신의 신분을 말하는 것만으로 직접 뵐 수 있는 분도 아니지. 뭐 단도직입적으로 묻겠소. 우리가 환영할 만한 일을 가져온 거요, 아니면 그 반대요?"

그제야 란시아가 빙긋 웃었다.

"환영해 주시면 됩니다."

"우선 들어나 보지."

"제이크."

"......?"

제이크라는 말에 리펠의 표정이 확연하게 변했다.

란시아가 싱긋 웃었다.

"요즘 참 뜨거운 이름이죠?"

그 후로 이어진 란시아의 설명은 간단명료했다.

쿠드. 즉, 경식이 제이크의 제자이고, 제이크는 제자를 지극히 아낀다. 그리고 경식을 자신이 잡았고, 제자를 되찾고 싶으면 원하는 장소로 몇 시까지 오라는 통보식 쪽지를 건넸다고 한다.

거기까지 들은 리펠의 표정이 묘하게 변했다.

"그래서. 그가 이곳으로 온다는 말이오? 당신은 현상금을 원하는 것이고?"

"이야기가 빠르네요. 좋은데요?"

"흐음."

리펠은 뭔가 골똘히 생각하는 듯했다. 란시아의 표정 역시 그 표정에 따라 굳어갔다.

리펠은 란시아와 경식을 번갈아 훑어봤다.

그런 식으로 한참을 생각하던 리펠이 다시 씩 웃었다.

"차를 마셔야겠군. 일단 안으로 들어가시겠소?"

리펠과 함께 안으로 들어간 경식과 란시아는 융숭한 대접을 받으며 밥을 얻어먹었다.

이쯤 되면 영주가 직접 나올 줄 알았는데, 영주의 말을 듣고 왔다는 리펠이 대신 말을 전하였다.

아니, 말이 아니라 돈을 전해 주었다.

그녀에게 5천 골드에 해당하는 전표를 써 준 것이었다.

란시아가 인상을 찌푸렸다.

"2만 골드 정도는 받을 줄 알았는데요?"

리펠이 픽 웃는다.

"3만을 줄 것이오."

"……정말인가요?"

"단. 제이크가 정말 내일 그 시간에, 그 장소로 온다는 조건이 붙지만 말이오."

그러니까, 정확히 제이크가 오는 걸 확인한 후 잔금을 치러준다는 말이었다.

란시아는 우선 전표를 받아 챙긴 후 고개를 끄덕였다.

"그렇게 하죠."

"오늘은 이곳에서 묵으시오. 우리가 자리를 잘 만들어 두었소."

경식과 란시아는 거대한 방으로 갔다. 리펠이 둘을 번갈아 바라보더니, 경식을 가리키며 고개를 갸웃했다.

"이자. 감옥에 안 가둬 둬도 되오?"

아무래도 경식이 도망가려는 생각을 하지 않을까 싶은 모양이었다.

란시아가 고개를 저으며 웃었다. 그러고는 리펠의 귓가에 대고 속삭이듯 말했다.

그 속삭이는 듯한 말에, 리펠이 귀까지 빨개져서 뒤로 물러섰다.

"……어험험! 그, 그럼 방은 하나면 충분하겠군."

"여부가 있겠어요?"

"가, 가보겠소. 거참. 어린 것이 발랑 까져가지고! 험험!"

리펠이 사라지자, 경식이 인상을 찌푸리며 물었다.

"아니, 무슨 말을 했는데 제가 발랑 까졌대요?"

란시아가 경식에게 윙크했다.

"그는 나를 벗어날 수 없게 되어 버렸거든요. 라고 했는데?"

"뭐, 뭐라고요!"

"사실이잖아? 아닌가? 호호!"

그 말에 지금껏 가만히 보고만 있던 구미호가 노발대발했다.

[저, 저저저저. 저 요망한 것이 어디서 여우같은 게 꼬리 치고 있어!]

'여우는 너잖아?'

[야아!]

"들어가자. 자야지?"

란시아가 사뿐사뿐 방 안으로 들어갔다.

경식이 한숨을 내쉬며 따라 들어갔다.

침대는 하나였다.

하지만 그 침대라는 것이 장정 열 명이 누워도 공간이 빌 만큼 거대해서, 굳이 누가 내려가서 잘 필요는 없을 것 같았다.

눈을 감은 경식의 귓가에 란시아의 목소리가 들려 왔다.

"제이크가 올 거라 생각하니?"

"음. 아마 그럴 걸요?"

"나를. 원망하진 않니?"

지나가듯. 아무렇지도 않게 물어봤지만, 그녀가 신경을 많이 쓰고 있다는 것을 느낄 수 있었다.

경식이 피식 웃으며 말했다.

"뭐. 당신은 돈을 벌고. 저도 스승님과 합류하고요."

"매복에 제이크가 잡힐 거란 생각은?"

"음……."

경식은 잠시 제이크가 잡히는 모습을 상상하다가 말했다.

"상상할 수가 없네요."

"그래. 서로 얼굴 붉힐 일 없었으면 좋겠네."

그녀는 그리 말하며 눈을 감았다. 곧 쌔근쌔근 잠이 든 것 같았다.

경식은 이런저런 생각을 하다가 잠이 들었다.

아침이 밝아왔다.

*   *   *

"아아, 이거 참."

경식은 구속된 자신의 몸을 바라보며 한숨을 내쉬었다. 그는 지금 걷는 것을 제외하면 아무것도 할 수 없을 만큼, 신체에 제약을 받고 있었다.

마나 구속구는 덤이었다.

물론, 마나 구속구 같은 게 경식을 통제할 수는 없지만, 사실 경식이 마나가 아닌 소울에너지를 사용한다는 것을 아는 사람은 적어도 이곳엔 없었다. 그러니 마나 구속구를 채우는 것이다.

옆에서 란시아가 속삭였다.

"조금만 참아 줘. 곧 끝나잖아? 그때 합류해서, 제이크와 도망치라고."

사실 제이크가 그곳에 있기만 하면 란시아가 돈을 받을 수 있을 테니, 그 이후 제이크가 잡히건 도망치건 그녀가 알 바 아니었다.

경식이 한숨을 내쉬며 말을 이어 갔다.

"그건 그렇다 치고…… 이거 너무 병력이 적은 것 아닌가요?"

아닌 게 아니라, 약속된(?) 장소로 이동 중인 백작령의 병사들은 경식을 호위하며 앞으로 나아가고 있었다.

호위라고 말하기보다는, 혹시 모를 제이크의 습격에 대비하여 가장 중요한 인질인 경식을 둘러싸고 있는 것이었다.

옆에서 경식을 지켜보고 있던 구미호가 말했다.

[그러니까. 진짜 병력이 부실한 거 아니야? 이 정도면 네가 마음먹고 달려들면 뚫을 수 있는 정도인데?]

'역시 그렇지?'

경식 역시 그런 생각이라 고개를 끄덕여 동조해 주었다. 그러고는 한마디 덧붙인다.

[오올. 우리가 이런 생각을 자연스럽게 하는 거 보니까, 경식이 실력이 나날이 늘긴 늘었나 보다 그치?]

그 말에, 경식의 얼굴이 약간 달아오른다.

"그, 그런가? 핫! 뭐 마음만 먹으면 이 정도쯤이야. 하하핫!"

근데 그것이 마음속이 아니라 입 바깥으로 내뱉은 것이 문제였다.

옆에서 호위하듯 걷고 있던 리펠이 경식의 어깨를 탕! 하고 친다.

비명을 지를 정도는 아닌데, 회색 바람의 기운을 끌어올리지 않은 상태라서 꽤나 아프다.

"아픕니다!"

"아프라고 친 것이다. 어디서 함부로 입을 놀리나? 인질 주제에 말이야."

"끄응."

뭐, 리펠이 듣기엔 경식의 말이 꽤나 기분이 나빴을 테니 경식도 할 말이 없었다.

그 태도를 본 리펠이 피식 웃으며 말을 이어 갔다.

"잦은 전쟁으로 인해 군사력이 약해졌다고 생각하면 오산이다. 많이 죽어 나갔지만, 다른 영지병들과는 차원이 다른 실력을 갖추고 있지. 일당 백이라는 말이다. 오히려 군사력이 올라갔다. 우리는!"

리펠이 그리 말하며 검을 들었다.

그러자 주변에서 기다렸다는 듯 기합을 토해 낸다.

하아!

우렁찬 소리!

훈련이 잘되었다는 건 알겠다.

하지만 그래 봤자 일개 병사들은 병사들일 뿐이다.

경식은 제이크가 걱정되기는커녕, 병사들이 제이크에게 혹시라도 죽거나 불구가 될까 봐 그게 더 신경이 쓰였다.

'잘하시겠지. 잘 전해졌겠지?'

구미호가 그렇겠거니 하며 고개를 끄덕여 주었다.

[말 좀 건네는 건데, 잘했겠지. 아무리 덤벙대는 노인네라도 그 정도야 잘해냈을 거야.]

호랑이도 제 말 하면 온다고, 하늘 멀리에서 왕년 노인이 다가오며 소리쳤다.

—누가 덤벙댄다고 하는 것이오, 구 선생!

[너 말이야, 너! 왕년이 너!]

—나는 왕년 노인이 아니오! 나도 버젓이 이름이 있다오. 내 이름은 그러니까 그……

왕년 노인이 이름을 말하려고 하자 구미호가 알짤 없이 잘라 버리며 말을 이었다.

[그래서. 일은 잘됐어? 뭐, 당연하지만 잘했겠지?]

구미호의 말에 왕년 노인이 끄응 한숨을 내쉬며, 어쩔 수 없다는 듯 고개를 끄덕였다.

—뭐 잘되고 안되고가 있겠소? 가서 말을 전해 준 것뿐인데 말이야.

지금 시각은 12시 정각이 조금 넘은 시각이다. 제이크는 지금쯤 약속 장소로 명시되어 있던 '따사로운 여유'라는 여관에 도착해 있을 터였다.

물론 함정이다.

함정이란 것쯤은 제이크도 일찌감치 알고 있을 것이다. 그런데도 온 것이고 말이다.

제이크의 목적은 아무래도 그의 주인인 경식의 탈환이다. 하지만 그 목적을 이루려면 엄청난 폭력을 행사할 수밖에 없을 것이다.

경식은 불필요한 폭력을 바라지 않았다.

그래서 왕년 노인을 먼저 보내어 말을 전한 것이다.

자신은 마나 구속구를 차고 있지만 언제든 풀 수 있으며, 적진을 와해시키고 제이크에게로 올 수 있다는 것을 말이다.

그러니 무작정 달려들지 말고 기다려달라고 말이다. 그렇게 말하지 않으면 제이크가 정말 어떤 식으로 이 상황에 대처할지 생각만으로도 끔찍했다.

그리고 그러한 설명을 왕년 노인이 대신해 주었다.

'이 양반도 참 쓸모가 많아.'

경식은 그렇게 생각했다.

박학다식하다. 물론 오랜 시간 숲 속 오크 마을에 정박해 있었던 덕에 최근 정보에 대해서는 잘 알지 못하지만, 오래된 정보는 누구보다 잘 알고 이 세계의 섭리를 잘 이해하고 있었다.

게다가 구미호와는 달리 자신과 떨어져 있을 수 있어서 유사시에 이렇게 전령 역할을 할 수도 있었다.

경식은 다행이라는 듯 왕년 노인을 보며 고개를 끄덕였다.

왕년 노인에겐 생각으로 전하지 못하니 이럴 수밖에 없다.

그런 생각을 하며 사슬에 묶인 채 터벅터벅 걷는데, 말 궁둥이가 앞으로 다가왔다.

우뚝. 경식이 황급히 걸음을 멈추고 주변을 둘러봤다.

모든 대열이 멈춰 있었다.

앞을 보니, 그곳엔 꽤나 고급스러운 건물이 있었다.

간판이 보인다.

'따사로운 여유'라고 쓰여 있었다.

목적지에 도착한 것이다.

그리고 그곳엔,

경식을 호위(?)하며 다가온 병력보다 5배는 많은 병력이 온갖 건물에 올라가 매복을 한 채 기다리고 있었다.

만반의 준비를 다 갖춘 것이었다.

말에 타고 있던 리펠이 뒤를 돌아보며 씩 웃었다.

"어떠냐 꼬마. 이래도 승산이 없나?"

그 말에, 경식이 속으로 생각했다.

'당연히 없지, 이 사람아.'

자신 있어 하는 걸 보니 제이크를 자극할 수도 있을 것 같다.

경식은 자신이 미리 제이크에게 언질을 준 것을 다행이라고 생각하며, 차분히 기다렸다.

리펠이 이를 씩 드러내며 외쳤다.

"제이크! 거기에 있느냐! 이곳에 너의 제자……."

콰아아아앙!

폭음과 함께 여관의 문짝이 수십 조각으로 깨어져서 발사되듯 다가왔다.

앞에 있는 병사들이 그것들을 얻어맞고 쓰러졌다.

그리고 문 뒤쪽에서 불쑥 튀어나온 그림자가 거대한 검을 휘두른다.

제이크였다.

Chapter 6
뜻밖의 제안

쾅!

제이크의 검은 소울이터.

소울이터는 날카롭다기보다는 투박하다.

경식의 말을 고려해서인지, 제이크는 검의 뒷면으로 사람들을 후려치고 있었다.

그런데 뒷면으로 휘두르면 말 그대로 몽둥이를 휘두르는 것과 같다.

그것들이 기사들의 판금 갑옷을 까부쉈다.

빠가각!

한 번의 시도와 두 번의 시도.

그것만으로 적군의 1차와 2차 방어선이 무너졌다.

경식은 그 뒤에 있는 3차 방어선인 정예기사들과 또 뒤에 있는 4차 방어선. 기사단장 리펠의 호위를 받고 있었다.

"크하하하하하!"

제이크 특유의 거대한 웃음소리와 함께 다시 한 번 검이 휘둘러졌다. 조금 전 문이 부서진 이후, 불과 5초도 지나기 전에 일어난 일이었다.

"젠장!"

리펠이 말에서 뛰어내리다시피 제이크에게로 쏘아져 나갔다. 물론 그의 손에는 애검이 들려 있어, 검신에선 붉은 오러를 뿜어내고 있었다.

소울이터와 리펠의 검이 부딪쳤다.

꽝!

리펠이 주르륵 밀려났다. 제이크는 이를 드러내며 씩 웃더니 경식을 바라봤다.

"말씀대로 행했습니다!"

경식은 사상자가 없도록 조심하자고 말했다.

그리고 제이크는 그것을 지켰다.

저 나름대로의 방식으로 말이다.

"아이고 두야."

경식이 한숨을 내쉬었다. 하지만 어쩌겠는가? 이미 한 호흡에 모든 게 끝나고 제이크가 코앞에 있는데 말이다.

경식은 뒤를 돌아 란시아에게 빙긋 웃어 주었다.

"작별이네요."

"……."

란시아는 당황스러운 듯 아무 말도 없었다. 뭐, 그렇다고
해서 경식이 다음 말을 기다려준 것은 아니다.

너무 쉽게 파훼 되긴 했지만, 일단은 긴급한 상황이니 제이
크에게로 가서 도망을 쳐야 하는 상황이었다.

"어휴."

경식은 얕은 한숨과 함께 눈을 감았다. 곧 그의 몸에서 보
랏빛 아지랑이가 피어올랐다. 그리고 손에 힘을 주었다.

꽉!

그의 손을 옥죄고 있던 마나 구속구가 한낱 쇳조각이 되어
흐드러졌다.

쓰러진 채 그것을 바라보던 리펠이 뜨억한 표정을 지었다.
도대체 저 꼬맹이가 무슨 힘으로 저럴 수 있나 하는 표정이었
다.

경식은 그런 그를 무시하고 앞으로 걸어나가 제이크의 앞
에 섰다.

그러자 제이크가 그런 경식을 와락 끌어안았다.

"으허허헉! 이 못난 종놈을 용서하십시오! 깜박 졸 때 이

런 일이 생기다니. 저를 차라리 죽여서 목을 효시라도 하십시오!"

꽈아아악!

경식은 지금 회색 바람의 힘을 빌린 중이어서, 몸이 강철처럼 단단해진 상태였다.

그럼에도 불구하고 엄청난 고통과 함께 몸이 '찌그러지려는 것'이 느껴졌다.

따지고 보면 납치된 상황에서도 안전하던 경식이, 구하러 온 제이크에게 몸이 찌그러질 생명의 위협을 느끼고 있는 것이었다.

'지, 직접 잡아 죽이려고 구하러 온 건가?'

경식은 실없는 소리를 하며 다급하게 외쳤다.

"아, 아니 뭔 말을. 컥! 이것부터 노, 놓고……."

"헙! 죄송합니다!"

제이크가 손을 놓고, 뒤로 한 발자국 물러났다. 오만상을 찌푸린 채였다. 그 모습이 마치 잘못을 저지른 어린아이 같아서, 그 큰 덩치에 더럽게도 어울리지 않았다.

경식은 다시금 한숨을 내쉴 수밖에 없었다.

"아니 뭐 말을 그리 쌀벌하게 해요? 뭐 나름 재미있기도 했고…… 용서 할 것도 없지만 용서해 드릴 테니…… 그런데 슈아는 어디에 있죠?"

"여기에 있어."

슈아가 한숨을 내쉬며 손을 흔들었다.

그녀의 앞에는 거대한 체구의 기사가 있었는데, 갑옷이 잔뜩 그을린 채 신음을 흘리며 앞으로 고꾸라지고 있었다.

터억.

"안쪽에도 매복이 있더라고요. 꽤나 철두철미 하던데요? 덕분에 좀 위험했어."

경식이 침을 꿀꺽 삼키며 되물었다.

"제법인데?"

슈아가 경식과 제이크에게로 다가오며 말을 받았다.

"말했잖아, 오빠. 1인분 몫은 한다고. 그나저나…… 우리 슬슬 빠져나가야 되지 않아?"

과연. 어느새 주변에는 석궁을 들고 경식과 제이크를 겨누고 있는 궁수들이 잔뜩 포진해 있었다.

그 수만 해도 100명이 넘어 보였다.

아무리 경식이 몸을 단단하게 할 수 있고, 제이크 역시 검으로 화살을 쳐내고, 슈아 역시 방어막으로 방어를 할 수 있다곤 해도, 굳이 갑옷도 뚫는 석궁의 쿼렐을 맞는 것은 사양이었다.

제이크가 재빨리 소울이터를 휘둘러 로열티를 소환했다.

푸르르릉. 하는 소리와 함께 초록 눈두덩을 빛내며 로열티가 등을 내주었다.

그곳에 제이크와 경식, 슈아가 탔다.

로열티가 달리면 시속 100킬로가 넘는 속도로 이동할 수 있다.

금방 사라지겠지.

"출발합니다!"

"네. 벗어나지요."

경식은 그런 말을 하며 란시아를 바라봤다. 란시아는 아직도 얼떨떨한 눈으로 경식 일행을 바라보고 있었다.

사실 경식도 얼떨떨하다.

아니 아무리 그래도 그렇지, 검을 몇 번 휘두른 것만으로 이 상황을 타파할 정도의 무력이라니?

제이크가 새삼 더 괴물처럼 느껴졌다.

그리고 그런 제이크가 자신을 주인으로 생각하니 얼떨떨하다.

"으음. 아무튼 출발하죠."

로열티가 발을 굴러 앞으로 나아가려 할 때, 리펠이 가까스로 일어나 손으로 경식 일행을 가리켰다.

"쏴라!"

백여 개의 석궁 방아쇠가 그렇게 당겨지려 하고 있었다.

그때.

잠깐 기다려 보게!

거대하고 우렁찬 소리가 장내를 울렸다.

보통 소리가 아닌, 마나라는 기운이 담겨 있어 멀리까지 뿜어져 나가는 역동적인 목소리였다.

목소리만으로도 그 웅혼한 경지가 가늠된다고나 할까?

제이크 역시 반사적으로 멈칫했다.

경식 일행은 뒤를 돌아봤다.

뒤를 돌아본 그곳엔, 경식 일행을 잡으려던 리펠의 부대가 갈라지며 길을 만드는 모습이 보였다.

그리고 그 길에서 한 사람이 말을 타고 뚜벅뚜벅 걸어오고 있었다.

그의 입이 열린다.

"난 고른 백작령의 고른 백작일세! 이야기 좀 하세!"

그가 씩 웃었다.

사자가 웃음을 지을 수 있다면 바로 저런 모습이리라.

제이크가 답지 않게 진중한 목소리로 중얼거렸다.

"어떻게 할까요. 뿌리치고 갈 수 있는 상대가 아닙니다."

"……우리를 해하려는 것 같지는 않죠?"

그런 말을 하는 사이, 고른 백작이 경식 일행 앞까지 다가왔다.

그리고 검을 뽑지 않은 채 고개를 숙여 보였다.

경식 일행이 마음만 먹는다면 목을 벨 수도 있는 상황이었
다.

한 영지의 영주다운 패기였다.

"이야기를 좀 하고 싶소. 그대가 제이크인가?"

그런 말을 하며, 고른 백작이 제이크에게 손을 내밀었다.

제이크가 그 손을 멀뚱히 보고만 있었다.

백작의 손이 부끄러워지기 직전, 경식이 그의 손을 잡고 흔
들었다.

"쿠드라고 합니다."

"울림이 좋은 이름이로군."

백작이 유쾌하게 웃으며 말했다.

"고른이라는 이름과 가문의 명예를 걸고, 그대들을 해하지
않겠네. 우선 저택에서 이야기를 좀 나누고 싶네."

"여관이 좋겠습니다."

경식의 말에 고른 백작이 씁쓸하게 웃었다. 하지만 모두
이해한다는 듯, 고개를 끄덕였다.

"좋네."

문짝이 부서진 따사로운 여유 안으로 고른 백작이 들어가
자, 경식 일행 역시 그 뒤를 따랐다.

*　　　*　　　*

"이야기가 어떻게 전달되었는지는 모르겠네만, 나는 자네들을 잡으라고 한 적이 없네."

그 말이 끝나기가 무섭게, 누군가 뒤통수가 보일 정도로 고개를 푹 숙였다.

바로 기사단장 리펠이었다.

"혼란을 빚어 죄송합니다!"

"크핫! 자네가 죄송한 게 뭐 하루 이틀인가. 그러려니 해야지. 과잉충성도 병이라고 했잖나."

"죄송할 따름입니다!"

"흘흘흘흘."

고른 백작은 그런 리펠을 바라보며 그윽한 미소를 지어 보였다. 말은 그렇게 했지만 그다지 문책을 할 생각은 없어 보인다.

백작의 시선이 제이크에게로 향했다.

"반갑네. 보시다시피 고른 백작이네. 아까도 인사를 했건만 안 받았지. 지금도 받지 않을 텐가?"

그리 말하며 백작이 손을 내밀었다.

제이크는 여전히 그런 백작의 손을 멀뚱멀뚱 지켜보고 있다가, 경식이 옆구리를 찌르자 그제야 잡았다.

"흠! 반갑다. 제이크라 한다."

"익히 들어 알고 있네."

말은 제이크에게 하고 있었지만, 고른 백작의 시선은 경식에게로 가 있었다. 제이크의 제자인 줄 알았는데, 지금 행동으로 보면 제자라기보다는 주종관계에 가깝지 않나 싶다.

"란시아라고 했는가? 소문으로 듣던 것보다 훨씬 미인이로군?"

"자주 들어요, 그런 소리."

란시아가 무릎을 약간 굽혀 보이며 인사했다. 그러면서 경식. 아니, 정확히 말하자면 제이크의 눈치를 살피고 있었다.

바로 조금 전,

제이크가 란시아에게 검을 휘두르려 했고, 그 박력이 아직까지 그녀의 몸을 떨리게 만들고 있었기 때문이었다.

경식이 말려서 망정이지, 그러지 않았더라면 란시아의 몸은 두 개로 나누어졌을지도 몰랐다.

여자라는 것이 통하지 않는, 게다가 무력으로도 상대가 되지 않는 무서운 존재.

란시아에게 제이크는 천적과도 같았다.

'더 조심해야겠어.'

란시아는 그런 생각을 하며 입을 꾹 다물었다.

"하나 묻지. 자네는 정말 제이크의 제자인가? 아니면 다른 무언가인가?"

잠시 고민하던 경식은, 제자라고 말하려 입을 열었다. 하지만 제이크가 좀 더 빨랐다.

"이분은 나의 주인님이시다!"

"뭐, 뭐시기야?"

깜짝 놀란 고른 백작이 되묻자, 경식은 한숨을 푹 내쉬며 어깨를 으쓱였다.

아무리 이 세상에 떨어진 지 얼마 안 되는 경식이지만, 에리오르슈 가문의 악명(?)이 얼마나 거대한 것인지는 알고 있었다.

자신은 제국과 마도국이 그렇게 없애려고 애썼던, 에리오르슈 가문의 마지막 생존자라고 보아도 과언이 아니다.

그러니 그런 것은 모르면 모를수록 모두에게 좋은 것이었다.

"그렇게 되었습니다. 자세한 설명이 필요합니까? 해드릴 생각이 없는데요."

경식이 평소의 그답지 않게 무게를 잡자, 그것을 보던 구미호가 휘파람을 불었다.

[오오, 경식이 왠지 시크한데? 원래 이런 캐릭터 아니었잖아?]

—그렇지. 원래 저 때라면 당황하면서 말을 더듬거나 괜히 소리를 지르거나 해야 하는 게 정상인데 말이오.

"……"

옆에서 조잘대는 말에 분위기를 잡던 경식의 입꼬리가 말려 올라가려 하였다. 그것을 간신히 참고 있는데 고른 백작이 순순히 고개를 끄덕이며 말을 이어 갔다.

"흐음. 그렇구만. 사실 그게 중요한 건 아니지. 그것을 알고 바뀐 점이라곤, 제이크 대신 자네와 이야기를 한다는 것 정도? 오히려 잘 된 일이라 생각되네. 말이 더 잘 통할 것 같거든."

이렇게 된 김에 더 시크하게 나가보기로 했다.

"과연 그렇게 될까요?"

"내 조건이 그리 박하진 않을 것이니 당연히 그래야지."

"조건이 뭐죠?"

"자네들의 현상금을 없던 것으로 해 준다는 조건일세. 항상 쫓기는 자네들에게는 좋은 조건이라고 생각하는데?"

경식은 입을 다물었다.

고른의 웃음이 짙어졌다.

"구미가 당긴다면 나의 사연을 좀 들어주겠나?"

여전히 경식은 입을 다물었다.

고른의 말이 이어졌다.

"알겠지만 우리는 지금 전쟁 중이네. 그것도 아주 힘든 전쟁을 말이지."

이 세계에서의 영지는 제국에 속해 있는 하나의 왕국과 같다. 황제는 그 왕국을 다스리는 사람이고, 영주들은 황제의 충실한 종이다.

하지만 제국 안에는 수많은 영지가 존재하고, 그 많은 귀족들을 황제가 관리하는 것은 버겁다.

그래서 위에서부터 공작, 후작, 백작, 자작, 남작 식으로 직위를 나누어 놓고 직위에 합당한 땅을 부여한다.

하지만 사실 땅을 부여하는 것은 공작이나 후작, 백작 정도이지, 그 아래는 황제가 직책을 부여하고 땅을 주는 경우가 거의 없다.

모두 공작, 후작, 백작위를 받은 영주가 알아서 자작, 남작위를 선별하고 자신의 영토를 나눠줌으로써 영토 관리와 세금을 걷는 데에 효율적이게 되고 통치가 수월해지는 것이다.

고른 백작의 가문은 황제가 직접 작위를 수여해 준 전통 있는 가문이다.

그리고 고른 백작의 휘하에는 2명의 자작이 있고, 그 자작의 휘하에 역시 2명씩 4명의 남작이 존재한다.

한국으로 따지자면 백작이 통치하는 1개의 특별시와, 자작이 통치하는 2개의 광역시, 그 광역시 휘하에 존재하는 구 단위 도시가 4개 존재하는 것이다.

이처럼 고른 백작령에는 7개의 크고 작은 도시가 존재하고

7명의 영주가 존재한다.

그 위계질서는 당연한 것이었고, 그만큼 철저하게 지켜진다. 그러다 보니 관리당하는 도시가 관리 하는 도시에게 도전하는 하극상이 있어서는 안 되고, 힘의 차이가 있으니 할 수도 없는 상황이다.

물론, 그런 상황을 악용하는 영주들도 더러 있었다.

고른 백작령 내의 가장 작은 영지인 레르아 남작령 역시, 통치하는 묘겐 자작령에게 그러한 취급을 받고 있었다.

"그 핍박의 정도를 말로 표현하자면 못할 것도 없지만, 중요한 부분도 아니고 나도 별로 내 영지의 치부를 말하고 싶지 않네. 아무튼 묘겐 자작령은 엄청나게 해먹었다네!"

"그, 그렇군요."

흥분한 고른 백작령의 말을 들으며 경식은 눈앞에 놓인 차를 홀짝였다.

"역시 남자는 생식기 끝을 조심해야 하네."

"푸우우웁!"

경식이 차를 뿜었고, 고른 백작은 피식 웃으며 자신의 치부를 드러낸다는 듯 이야기를 계속했다.

이야기하지 않는다면서 할 이야기는 다 하는 느낌이다.

"그 묘겐 자작은 상당한 호색한이었네. 물론 영주 중에 호색한이 아닌 이가 별로 없네만, 그는 개중에서도 유별났지.

레르아 남작 역시 마찬가지였고 말일세. 그런데 자작이 남작의 여자를 탐했다는 것이 요인이 되었지."

남작에게는 5명의 아내가 있었다고 한다. 어느 날 파티가 열리는 자리에, 남작은 자신의 아내와 함께 참석했고, 자작 역시 마찬가지였다.

그리고 그곳에서 술에 취한 묘겐 자작이 홀로 떨어지게 된 레르아 남작의 아내에게 손을 댄 것이다.

말 그대로 강간 수준이었다.

레르아 남작은 화를 꾹 눌러 참으며, 묘겐에게 이것을 본격적으로 문제 삼겠다고 했다.

자작 위에 있는 고른 백작에게 직접 전달하겠다는 의미로 윽박지른 것이다.

자신의 여자가 강간을 당했다면 주먹부터 올라가야 정상이지만, 이 시대엔 여자를 재산으로 치부하는 일그러진 문화가 발달되어 있었다. 정말 사랑하는 본처가 아닌 이상에야, 손해배상을 청구하는 식이었던 것이다. 그랬기에 이성을 되찾은 레르아 남작이 그나마 '백작에게 이르겠다'는 제스쳐를 취한 것이다.

묘겐 자작은 이쯤에서 수긍하고 원만한 합의(?)를 도출해 내었고, 그것은 꽤나 많은 조공을 바치던 남작에게도 괜찮은 조건이었기에 받아들여졌다.

한 여자가 강간당한 사건이 남자들의 악수 한 번으로 끝나버린 것이다.

두 남자는 만족했고, 강간당한 남작의 5번째 아내는 시름시름 앓다가 화병으로 죽어버리고 만다.

그냥 그런 결말이 되었다.

"오히려 남작에게는 괜찮은 결말이었을지도 모르지. 자신의 많고 많은 아내 한 명 강간당하면서 상관인 자작과의 관계가 원만해졌으니 말이야."

"정말 더럽군요."

경식이 인상을 찌푸리며 대놓고 핀잔을 놓았다.

고른 백작도 한숨을 내쉬며 어깨를 으쓱였다.

"내가 알았더라면 불호령이 떨어졌겠지만 그게 아니었으니…… 후우. 나의 부덕함이 낳은 참상이지."

"그런데 그렇게 원만하게 잘 끝났으면 왜 전쟁이 일어난 거죠?"

거기까지 듣던 슈아가 고개를 갸웃하며 말했다. 물론 그녀 역시 여자인지라 표정은 불쾌감과 경악으로 물들어 있었다.

"그게…… 으음. 남작 역시 참으로 부덕했더군."

남작에겐 3명의 아들이 있었다. 모두 첫 번째 부인과 세 번째, 네 번째 부인에게서 낳은 아들이었다.

그 중, 세 번째 부인에게서 태어난 아들의 나이가 스물이었다.

그는 아버지의 부덕함을 보고 자랐으며, 그러지 않으려고 노력하여 차기 남작으로 가장 유력한 적자로서 자라난 인물이다.

그리고 그의 아버지와는 달리 한 여자만을 끔찍하게 사랑해 왔다.

하지만 결혼까지 이어지진 못했다.

그녀가 그의 아버지인 레르아 남작의 눈에 띄었기 때문이다.

졸지에 아버지가 아들의 여자를 빼앗은 꼴이 되었던 것이다.

그리고 그 여인이 바로 화병으로 죽은 5번째 부인이다.

"세상이 어찌 돌아가는지……."

"들어보게."

그런 상태에서 이런 일이 벌어졌으니, 레르아 남작의 둘째 아들 덤컨의 이성이 마비되기에 충분하고도 남음이 있는 것이었다.

"참으로 더러운 이야기가 아닐 수 없네. 어휴……이게 다 나의 부덕함이지."

백작은 자신의 부덕함을 탓하며 설명을 계속 이어 갔다.

"덤컨은 이성을 잃고 아버지를 죽였다네. 쿠데타지. 그 소식을 들은 후, 나 역시 돌아가는 상황을 파악하게 되었지. 참으로 안타까운 일이지만, 쿠데타는 용납할 수 없는 것이었네. 자작에게 덤컨을 죽이라고 명했지."

그것으로 끝이 날 줄 알았다.

하지만 믿었던 묘젠 자작은 덤컨에게 죽임을 당했으며, 덤컨은 묘젠 자작의 군사력을 완벽하게 흡수하고 철혈 정책을 이행해 나갔다.

"꽤나 유능한 자더군. 하지만 유능한 것과 패륜은 별개였네. 나는 그를 재차 공격할 수밖에 없었어. 이미 그는 백작령의 영토 중 30퍼센트를 장악해 버린 복병이었거든. 없앨 수밖에 없었지."

그래서 그에 걸맞은 병력을 파견하여 진압에 나섰다. 혹시나 하는 마음에 덤컨 세력의 배가되는 군사력을 동원하기도 했다.

결과는 참패였다.

"도대체 어떤 힘이 잠재되어 있었는지 그때까지는 몰랐네. 군사력 면에서는 압도적으로 우위인데, 왜 참패를 당했을까! 난 그것이 참으로 궁금하여, 다시 한 번 군대를 이끌고 총공격에 나섰지. 이번엔 물론 나 역시 참전하였네. 그리고. 그리고…… 믿기 힘든 광경을 목격하게 되었지."

그 참상을 보기 전, 고른 백작은 상대방의 군사력이 어디에서 기인되는 것인지 참으로 궁금했었다.

아무리 훈련을 잘 받았다 한들 백작의 정규군보다 실력이 낮지는 않을 것이라 생각했는데, 빈번히 깨지니 궁금했던 탓이다.

허나 덤컨의 군사력은 군사에서 나오는 것이 아니었다.

군사력은 오히려 미비하다.

힘이 기인한 곳은 덤컨 자신이었다.

덤컨이라는 존재.

그 존재 하나만으로도 전황이 좌우되었던 것이다.

"무식한 힘. 그리고 그 기백이란…… 내가 장담하지. 대륙에서 열 손가락 안에 든다는 10대 소드마스터와 버금갈 정도였네. 아니, 1대 1이 아니라 1대 다수를 상대로 하는 것에는 오히려 그들보다 나은 감이 있었지. 화살을 쏘라는 명령에, 단 한 명도 응답하지 않더군. 다들 몸이 움직이지 않았다고 말이야. 흐흐으…… 악몽이었지."

그는 알 듯 모를 듯하게 설명을 하고 있었다. 듣자 하니 덤컨이라는 자 개인이 군대 전체를 쥐락펴락하고 있는 것 같은데, 그 힘이라는 것에 대한 설명이 상당히 애매모호했다.

"그래서, 이번에도 대패한 것인가요?"

"패배하기는 했지. 그런데, 이상한 방식으로 패배를 해서 말이야. 패배라고 해야 할지…… 고래 싸움에 새우 등이 터진

건지…… 허허."

사실 덤컨이라는 개인 앞에서 수천 단위가 넘는 병사는 무의미했다. 기사들 역시 그것은 마찬가지였다. 이것이 바로 천명의 군세보다 한 명의 초인이 소중한 이유이기도 했다.

이렇듯 눈앞의 덤컨은 말 그대로 괴물이고, 그 앞에 보통인간은 무의미했다.

헌데 그러는 중, 전혀 예상치도 못했던 진형에서 누군가가튀어나오더니 전황을 바꾸어 놓기 시작했다.

생전 처음 보는 요상한 방법으로 덤컨을 묶어놓는가 싶더니 동등하게 싸우는 데에 고른 백작은 적잖이 놀랐다.

물론, 그저 놀라고만 있을 정도로 멍청하지도 않았던지라,총공격을 명했다.

덤컨을 막을 누군가가 나타났으니, 그 기회를 잘 살리려는생각에서였다.

그런데 고른 백작의 생각과는 달리, 갑자기 나타난 이는백작 진영의 사람이 아니었다.

누군가의 아군이 아니라는 뜻이다.

덤컨과 그자가 싸우면서 주변은 폭풍이 몰아친 듯하였는데, 그 사정권 안에 있는 모두가 휘말리고 말았다. 그 결과,전쟁의 피해는 덤컨 쪽 보다 고른 백작의 병력이 더욱 많이받게 되었다.

"그때, 후퇴를 명했네. 지금 생각해도 잘한 선택이었지."

더 지체했다간 덤컨이 아니라 갑자기 난입한 자에게 전멸을 면치 못했을 것이다.

하지만 그것과는 별개로 고른 백작의 자존심에 금이 간 것은 자명한 사실이었다.

"그 이후 태풍이 지나간 것처럼 고요해졌지. 정체불명의 사내는 없고, 덤컨 역시 침공할 생각을 하지 않더군. 아마도 덤컨은 자신의 몸을 회복하고 있을 거라 생각되는군. 전열을 가다듬을 필요나 있겠는가? 초인급의 강한 자가 없다면 지는 전쟁이 되어 버렸는데 말이야."

"그래서, 제이크가 필요한 것인가요?"

고른의 눈빛이 진지해졌다.

"제이크의 명성은 가히 하늘을 울릴 정도이지. 잡아서 현상금을 받는다? 개인에겐 어떨지 모르지만, 나에게 20만 골드는 그리 큰 금액은 아닐세. 게다가 잡을 수나 있겠는가? 오히려 난 이것을 기회라고 생각했네. 자네들과 대화를 좀 해 보려고 자리를 만들어 달라 말했건만, 이런 일이 벌어졌군. 진심으로 미안하게 되었네."

"으음. 그렇군요."

경식은 그리 말하며 제이크를 보았다. 때마침 제이크 역시 경식을 바라보고 있었다.

사실, 둘은 비슷한 생각을 하고 있었다.

덤컨이라는 자.

그자의 정체가 무엇인지 예상을 한 것이다.

눈빛이 교환되었다.

'어차피 상대해야 하는 적입니다.'

'멍석 깔아 준다는데 안 할 수야 없죠.'

둘의 의견교환이 끝났다.

경식은 고른 백작에게 긍정적인 대답을 해 주었다.

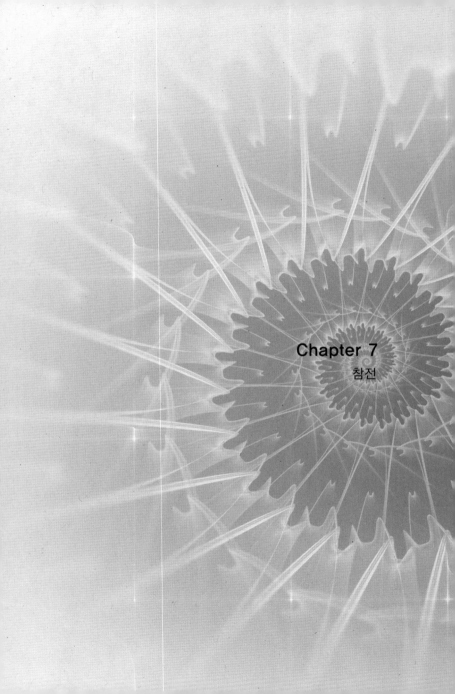

Chapter 7

참전

"뭐야. 제이크의 제자가 아니었어?"

란시아의 말에 나는 어깨를 으쓱였다.

"제자이기도 하죠. 거짓말한 건 아니에요."

"흐응…… 얄미운 꼬맹이야, 정말."

란시아는 나른한 표정으로 밤하늘을 바라보고 있었다. 그런 란시아에게 잠시 시선을 두던 경식이 말했다.

"현상금은 받으셨죠?"

"받았어. 정말 아무렇지도 않게 주더군. 역시 영지가 크면 자금력도 장난이 아닌 것 같아. 물론 전쟁 중이라 긴축운영을 한다고는 하지만 말이야."

"그런데, 안 가세요?"

"어머. 내가 어디를 가니?"

"여행 중이셨으니 목적지가 있을 것 아닌가요?"

란시아는 손가락을 말아서 동그라미 모양을 만들어 내며 웃었다.

"목적지야 있지. 돈이 있는 곳. 그곳이 나의 목적지야."

란시아의 전투력은 일반인은 물론이고 병사, 기사들도 가볍게 상회한다. 훈련을 같이하지 않아서 병사들을 통솔하진 못하겠지만, 그녀 자체만으로도 꽤나 전력이 된다. 게다가 이 전쟁은 고만고만한 다수가 아닌 초인적인 소수가 지배하는 전쟁이 아니던가?

아마 참전을 목적으로 고른 백작이 란시아에게 모종의 거래를 제안했을 것이다.

"아무튼 전장에서도 잘 부탁해."

"으음……."

경식은 고개를 끄덕이곤 란시아가 내민 손을 맞잡았다.

뭐, 이것도 인연이리라.

그런 생각을 하며, 경식은 란시아의 방에서 나왔다.

고른 백작이 배정해 준 자신의 방으로 가기 위해서였다.

*　　　*　　　*

방으로 돌아오자마자, 지금껏 묵묵히 입을 닫고 있던 구미호가 콧방귀를 뀌었다.

[하! 뭐? 잘 부탁해? 그년이 지금 널 납치해 놓고 하는 말이 잘 부탁해잖아, 잘 부탁해애!]

구미호의 외침에 모두의 귀가 쫑긋 세워졌다.

눈물이라도 흩뿌리며 경식을 와락 껴안으려 했던 제이크는, 그 말에 멈춰선 채 침중한 표정을 지었다.

"끄응! 그 란시아라는 년을 징벌할 기회를 주십시오!"

"징벌이요? 어떤 징벌을……?"

"당연히 주인님의 납치 건입니다. 나에게서 주인님을 빼앗아 가다니. 이 요망한 계집의 손모가지라도 잘라 놔야……."

경식의 안색이 파리해졌다.

"그, 그러지 마세요. 어차피 고른 백작령이 목적지였는데, 잘 된 거잖아요?"

잘 듣고 있던 슈아가 한마디 거들었다.

"이건 그런 문제가 아니야, 오빠. 오빠가 없어지고 삼촌이 얼마나 찾았는지 알아? 옆에서 그걸 고스란히 듣고 있었던 나는 또 어떻고? 귀청이 떨어져서 죽는 줄 알았어. 메모라이징도 제대로 할 수 없었어. 그래서 조금 전 매복에 대응할 때 내가 얼마나 고전했는지 알아?"

매복해 있던 기사를 상대할 때의 곤혹스러움을 떠올리며 슈아가 퉁명스레 내뱉었다.

경식은 할 말이 없어서 머리만 긁적거릴 뿐이었다.

"음. 그래도 안 되는 건 안 돼요. 모두 미안하지만, 그 여자한테 악감정을 품지 말아 주세요."

"끄응! 주인님께서 그리 말씀하시니 어쩔 수 없지요."

"……가슴만 큰 여자가 뭐가 좋다고."

"아니, 그런 말이 아니잖아?"

한동안 시시껄렁한 이야기가 계속 되었다. 화제가 시시껄렁하다 보니 빨리 끝날 것 같았는데 의외로 길게 이어졌다.

떨어져 있던 시간은 며칠 되지 않지만, 그동안 못했던 말들이 서로 꽤나 많았던 모양이다.

제이크는 오늘도 여전히 보초 서는 것을 자처했다.

"제가 보초를 서겠습니다."

"아니 뭐 노숙하는 것도 아니고……."

심지어 이곳은 영지에서 가장 경계가 삼엄하지 않으면 오히려 이상한, 고른 백작령의 귀빈 대접실이었다.

하지만 제이크는 요지부동이다.

"이렇게 해야 제가 편합니다. 제가 잘 했더라면 주인님을 잃어버리는 일도 없었을 테니 말입니다!"

"끄응."

그게 마음이 편하다면 어쩔 수 없는 것 같다.

경식은 자신에게 배정된 침대에 누웠다.

물론 대한민국 보통 침대보다도 못한 수준이지만, 땅바닥보다는 훨씬 나았다.

잠을 자려고 눈을 감았다.

그때 구미호가 경식에게 속삭였다.

[전쟁이긴 하지만, 꼭 해야 하는 전쟁이기는 해.]

경식이 당연하다는 듯 말했다.

"응, 알고 있어. 영혼을 느끼는 감각은 열어놓지도 않았는데, 느껴져."

만약 그 감각을 열어놓았다면, 지금쯤 경식은 머리가 아파서 견딜 수 없는 지경이 되었으리라. 물론 그와 함께 있는 회색 바람과 붉은 어금니 역시 마찬가지일 것이다.

오우거의 기운.

그것은 경식이 의도적으로 기감을 열어놓지 않고 있어도 전달되어 올 정도로 강력했다.

지레 겁이 나고, 다리가 후들거릴 정도로 말이다.

하지만 그 기운을 얻으려고 여기까지 온 것이지 않은가?

회색 바람과 붉은 어금니처럼, 경식은 오우거의 영혼 역시 얻어내야 했다.

다시 한 번 말하지만, 그것을 위해 이곳까지 걸어온 것이기 때문이다.

그런 생각을 하는데, 제이크가 말을 걸어왔다. 아무래도 경식과 구미호의 이야기를 듣고 있었던 모양이었다.

"아마 버거운 상대일 것입니다. 오우거는 이 세상의 모든 몬스터들의 왕이라고 불릴 정도로 강력한 녀석이니 말입니다. 순수한 완력으로는 그 아무도 당해 낼 자가 없지요. 그런 오우거 중 가장 뛰어났던 객체의 영혼입니다. 강하지 않을 리 없지요."

제이크의 말에 경식이 피식 웃었다.

"에이, 저에겐 제이크가 있잖아요? 설마 죽기야 하겠어요?"

하지만 제이크는 단호하게 고개를 저었다.

"전 도와드리지 않을 겁니다."

"아……하하. 그런가요?"

"죄송합니다. 도와드리면, 그 녀석을 제압한다고 해 봤자 흡수하지 못하실 테니까요."

제이크가 돕는다면 오우거의 영혼을 제압한다 해도, 흡수할 수는 없을 것이다.

회색 바람의 경우, 영매가 너무 빈약한 상황에서 경식이라는 최강의 영매를 만나, 그 스스로 경식에게 옮겨간 것이다.

붉은 어금니 역시 마찬가지다. 자신의 목적을 위해 자기 자신을 경식에게 내던졌다. 붉은 어금니 역시 스스로 옮겨왔다.

하지만 오우거는 다를 것이다.

문득 듣고 있던 왕년 노인이 말을 덧붙였다.

―애초에 오우거는 홀로 완벽한 생물일세. 적어도 오우거 자신은 그렇게 생각하지. 그 때문에 자기 종족이 아닌 이상 인정하지 않는다네. 아니, 종족이라 하더라도 약하면 필요 없다 여기고 먹어치우는 것으로 유명하네. 짝짓기 이후 암컷이 수컷을 먹어치우는 일은 비일비재하지.

"끄, 끔찍하군요."

"더 끔찍한 이야기를 해드리자면, 사령의 보옥 속에 속해 있던 오우거의 영혼은 오우거 중 가장 강력한 객체입니다."

꿀꺽.

마른침이 절로 삼켜진다.

"아, 암컷이겠군요."

"그렇지요."

"끄응!"

"그래도 너무 상심하지 마십시오. 몬스터 형태의 영혼들 중에선 가장 강력하고 포용하기 어렵지만, 지성체 형태의 영혼들보다는 쉽습니다."

"지성체 영혼이요?"

그 말에 뒤척이고 있던 슈아가 거들었다. 일단은 에리오르슈 가문에 속해 있었기 때문인지, 보고 들은 것이 많은 듯했다.

"지성체 형태의 영혼도 많아. 오히려 몬스터 쪽보다 많다고 해야 할까? 인간보다 더 똑똑한 영혼들…… 그런 영혼들을 포용하려면 영혼의 그릇이 커야 해. 물론 가문 적통의 핏줄 특성상, 오빠의 그릇은 상당히 물렁물렁해서 늘리는 대로 늘어나겠지만. 그래도 그릇을 늘리는 힘을 가하려면 가해지는 힘이 필요해. 그릇에 넣는 것이 아슬아슬한 녀석이어야 그릇이 커질 거 아니겠어?"

그 말에 제이크가 대견하다는 듯 슈아의 머리를 쓰다듬어 주었다.

"과연! 에리오르슈의 사람다운 전문적인 대답이었다!"

"이 정도는 당연한 거예요."

빙긋 웃어 보인 슈아는 신난다는 듯 말을 계속 이어 나갔다.

"제가 알기로, 그 오우거의 영혼은 정말 다루기 힘든 것으로 알고 있어요. 그 영혼이 사령의 보옥 안에 갇혀 있을 때에도 가주님께서 사용하시는 모습을 자주 보지 못했거든요. 분명 사용할 필요가 없었다기보다는, 마음대로 사용할 수 없었다고 보아야 할 것 같아요."

"으음! 좋은 지적이다. 논리적으로 너무 완벽해서 할 말이 없구나!"

"역시 그랬어요?"

"그렇다! 아주 까다로운 녀석이라고 가주님께 들은 바 있구나."

"흐음. 그 정도라니, 더 불안해 지는데……."

경식이 한숨을 내쉬었다.

역시. 쉬운 상대가 아닌 것 같았다.

[하지만 곧 만나겠네?]

"그, 그렇겠지?"

[그땐 경식이답게, 잘 할 거라 믿어. 그리고…… 아마 내가 도와줄 것이 있을지도 몰랑.]

구미호는 꽤나 의미심장하게 말했다.

"하하. 그래주면 고맙고."

하지만 경식은 겉치레식으로 감사를 표하며 눈을 감았다.

잠이 몰려왔다.

*　　　*　　　*

전열을 가다듬는 것은 힘든 일이다. 더군다나 이미 패전을 거듭한 병사들일수록 얼굴에 드리워진 패배의 기운이 짙다.

그것을 관리하고 다시금 전투에 임할 수 있는 마음가짐을 갖게 하는 것이 명장의 역할이다.

그리고 고른 백작은 그런 역할을 충실히. 그리고 확실하게 행할 수 있는 훌륭한 명장이었다.

군대의 정비는 3일 만에 끝이 났다. 물론 경식 일행이 오기 전부터 전열을 가다듬었기에 가능한, 빠른 태세전환이었다.

선수필승. 먼저 공격한쪽이 무조건 이긴다는 말이다.

하지만 지금 이 상황에선 먼저 움직이는 쪽이 지는 싸움이었다.

그래서 기다렸다. 이 상태로 고착화 되면 그것은 그것 나름대로 좋았다.

시간이 필요한쪽은 오히려 백작이었다. 시간이 많을수록 주변에 요청할 거리가 많아지고, 소드마스터 같은 초인을 지원받을 수도 있다.

그러니 급한 것은 덤컨 남작 쪽이다.

때문에 세작을 파견하여 덤컨 남작의 행동을 예의 주시해 왔다.

진득하게 버틸 수 없는 인고의 시간 끝에 덤컨 남작이 진군을 해 온다는 사실을 알 수 있었다.

이렇게 되면 백작이 원하는 진형에서 매복을 하고 있다가 덮치면 된다.

백작에게는 유리한 상황이었다.

* * *

둥! 둥! 둥! 둥!

전장의 북이 울렸다.

총 5천이라는 대군이 진군에 들어갔다. 진군의 발걸음은 5천의 대군이라는 것이 믿기지 않을 만큼 일정했고 거대했다. 걸음걸이마다 땅이 울렸고, 공성병기를 실은 수레의 바퀴가 굴러가는 소리는 오히려 고요했다.

경식 일행과 란시아. 그리고 고른 백작과 리펠은 군대의 중앙에 위치한 마차를 타고 이동하고 있었다.

북소리가 울릴 때마다 마차의 벽이 둥둥 울리는 것이, 심장박동과 묘한 조화를 이루어 사람을 흥분하게 만든다.

고른 백작이 경식 일행을 바라보며 간곡하게 말했다.

"다른 건 다 필요 없네. 그저 덤컨 남작만 저지해 주면 돼. 쿠드라고 했던가? 제이크에게 잘 부탁한다고 전해 주시게."

뒷말이 좀 이상한 감이 있었다. 부탁은 쿠드에게 하는데 원하는 건 제이크의 활약이었기 때문이었다.

아마 경식 일행이 생각하고 있는 전투방법을 안다면 입에 거품을 물고 반대했을 것이다.

경식은 지금 덤컨 남작이라는 자를 혼자 상대하려 하고 있었기 때문이다.

경식은 그런 속내를 감추며 말했다.

"우리는 어디로 가는 겁니까?"

전장이 어디냐는 말에 백작의 표정이 약간은 우울해졌다.

"5천이 넘는 군세의 묘미를 살리기 위해선 평야가 좋지. 평야로 가는 중일세."

바리스타(대형석궁)와 수십 대의 대포들. 그것들은 말 그대로 공성병기이다. 하지만 정작 싸우는 곳은 성벽이 아니라 넓은 평야라고 한다.

그것은 공성병기를 공성을 위해 가져가는 것이 아니라는 뜻이었다.

오로지 단 한 명을 위해서.

던컨 남작 단 한 명을 죽이려고 가져가는 것이었다.

"성벽에 사용하는 것은 아니지만, 평야에서 사용하는 것인 만큼 공성병기를 운용하기 수월한 장점이 있지."

이런저런 이야기를 하는 사이, 마차가 멈췄다.

전장에 도착한 것이다.

"대형을 갖춰라!"

리펠이 마차에서 내려 모두를 진두지휘했다.

5천의 군대가 일사불란하게 움직여서 진을 짜고 공성병기를 적재적소에 배치했다.

이제 적군만 오면 된다.

체감상 10분도 채 안 되는 시간 동안 평화로운 평원은 귀뚜라미 한 마리 울지 않는 삭막한 전장이 되었다.

그리고 얼마 안 있어, 지평선 너머로 작은 흙먼지 무리가
가까워지고 있었다.

고른 백작의 입술이 가늘게 떨렸다.

익숙한 실루엣이 보인 탓이다.

"전군 준비하라!"

전쟁의 시작이었다.

＊　　　＊　　　＊

이번 전쟁은 체스와 같다. 왕을 죽이는 쪽이 승리한다.

그리고 이 전장에서의 왕은 고른 백작과 덤컨 남작이다.

언제나 그러하듯 왕은 뒤쪽에 배치되어 있다. 왕이 죽으면
끝나는 상황에서, 왕을 앞에 배치하는 것은 어리석은 짓이다.

덤컨 남작은 그런 바보짓을 자행하고 있었다.

단 한 명이 천의 군세를 감당할 수 있기 때문이었다.

경식 일행은 마차에서 나와 멀리서 다가오는 덤컨 남작을
바라보았다.

그의 뒤에는 천도 안 되는 군대가 배치를 끝마치고 있었다.

죽으면 전쟁이 끝나는 대상을 가장 선두에 두고 말이다.

하지만 그게 너무 자연스러웠다. 당연하게 여기는 것이다.

뒤쪽은 득의양양하고, 거의 5배는 되어 보이는 백작의 군

세는 바짝 움츠려 있었다.

"저자가 덤컨 남작인가요?"

경식은 옆에 있는 고른 백작에게 물었다.

고른 백작은 이를 악물며 고개를 끄덕였다.

"저자가 덤컨 남작이지."

"보기보다 왜소하네요."

키는 170 정도 되어 보였다. 어깨는 구부정하고 눈은 퀭했다. 어째서인지 갑옷을 입고 있지 않았는데, 덕분에 뼈만 앙상한 골격이 적나라하게 드러났다.

그럼에도 불구하고 주변에서 풍겨 나오는 분위기는 예사롭지 않았다.

옆에서 같이 그 광경을 지켜보고 있던 제이크가 이를 악물며 확신에 찬 목소리로 말했다.

"투마가 확실합니다."

"투마……요?"

"예. 투마입니다."

오우거 영혼이 사령의 보옥에 갇혀 있을 때 에리오르슈 가문에서 부르던 별칭인 모양이었다.

투마.

싸움만을 위해 태어난 마귀라는 뜻인 듯한데, 오우거 영혼을 아주 잘 설명하는 별명인 것 같았다.

"저렇게 앙상한데…… 힘을 쓴다고요?"

"투마이니 뭐니 하는 게 무슨 말인지는 잘 모르겠네만, 방금 질문에 대해선 내가 곧 대답해 주도록 하지."

그 말을 끝으로 고른 백작이 앞으로 걸어 나왔다.

투마에게 씌인, 덤컨 남작 역시 앞으로 뚜벅뚜벅 걸어 나왔다.

둘은 일정 거리를 두고 섰다.

그 거리는 100미터.

마나를 깊게 깨우쳐 소드 익스퍼트 최상급의 경지에 오른 고른 백작이었다. 나이가 나이인 만큼 소드마스터의 벽을 넘는 것은 무리이겠지만, 결코 그는 약한 자가 아니었다.

웅혼한 마나가 담긴 그의 목소리가 주변 공기를 쩌렁쩌렁하게 울렸다.

"노오옴! 오늘이 네놈의 마지막 날이 될 것이다!"

그 말에, 어깨가 구부정하고 깡마른 덤컨 남작이 씩, 하고 이를 드러냈다.

그의 목소리에도 무언가가 실려 있어 쩌렁하게 울렸다.

그것은 마나가 아니었다.

소울에너지였다.

"그러니까 내가 자작위를 달라고 할 때 말을 들으셨으면 좋잖습니까."

"미친! 자작을 죽이고 네놈이 자작이 된다는데! 그런 반란을! 내가! 받아들일 줄 알았느냐!"

쩌렁쩌렁한 목소리.

하지만 덤컨 남작은 아랑곳 않고 소리치듯 말했다.

"그렇게 막무가내니까! 이제 당신 차례가 온 겁니다! 내가 무엇 때문에 이렇게! 이런 빌어먹을…… 것을 몸에……끄으으으으윽!"

말을 하던 덤컨 자작은 자신의 몸을 한껏 끌어안았다. 그러자 그의 등 뒤가 죽 끓듯이 부글부글 끓어오르더니 풍선처럼 부풀었다가 다시금 사그라졌다.

한숨 돌린 덤컨이, 이번엔 애원하듯 고른 백작에게 소리쳤다.

"제발! 나에게 자작위를. 아니, 나를 쫓지 않겠다고 약속하시오! 그렇게 하면 난 물러나겠소! 제발! 제발 나를 이 빌어먹을 것에서 구해 줘어어!"

흐아아아아아아아악!

마지막 비명 소리는 귀곡성처럼 음산하고 천둥소리처럼 거대했다.

덤컨 자작이 다시금 자신의 몸을 끌어안자, 등이 끓어오르며 무언가가 쑥 튀어나왔다.

아니, 살가죽을 뚫지 못하고 무언가가 계속 꿈틀거렸다. 그러더니 덤컨 남작의 손 쪽으로 이동하며 손 자체의 부피가 늘어났다.

마치 덤컨의 살가죽이라는 맞지 않는 옷을 거대한 무언가가 억지로 껴입고 있는 모양새였다.

찌익.

찌지지직!

급기야 덤컨의 살이 찢어지며 빨간 근육이 드러났다. 170이 안 되어 보이던 그의 신장이 금세 2미터로 자라났고 몸 역시 팽창하며 터질 듯한 근육으로 꽉 들어찼다.

있을 수 없는 일이 일어났다.

그의 두 눈두덩이 붉게 변하더니 지옥에서나 뿜어져 나올 법한 혈광이 빛난다.

거기까지 본 고른 백작이 경식을 바라보며 애써 웃었다.

"이제 알겠소?"

그 말에, 경식이 침을 꿀꺽 삼켰다.

"허, 헐크잖아, 저건……."

피부 색깔만 살색이지 완전히 헐크였다. 갑자기 키가 2배는 거지고 근육질의 몸이 되다니…….

SF영화에서만 보던 걸 직접 보니 간담이 서늘해진다.

경식이 그러건 말건 고른 백작은 외쳤다.

"전원 보고만 있을 텐가! 제 1 공격 준비!"

"……."

"준비!"

그 말에, 바리스타가 들어 있는 수레를 끌던 병사들이 바리스타에 화살을 장전했다.

말이 화살이지, 끙끙거리며 겨우 옮길 만큼 굵고 기다란 철창이었다.

그런 화살을 머금은 바리스타가 총 15대였다.

화살 끝은 당연하지만 덤컨 남작에게로 향해 있었다.

10번째 사수가 조준을 끝내기가 무섭게 백작의 명령이 떨어졌다.

"발사다!"

파욱! 파구구구국!

벌떼가 윙윙거리는 듯한 소리와 함께 화살이 일제히 날았다. 그것은 여전히 괴로워하며 몸체를 키워 나가던 덤컨 남작의 몸을 집중 요격했다.

날카롭고 거대한 화살이 덤컨 남작의 어깨를 파고들었다.

라고 생각한 순간이다.

화살이 피부에 닿자마자 피부가 눌리는가 싶더니, 궤도를 바꿔서 다른 쪽으로 날아간다.

말 그대로 튕겨낸 것이다!

그리고 다른 화살들 역시 그러했다.

옆에 선 제이크가 경식에게 말했다.

"투마의 특징 중 하나는, 보시다시피 질기디질긴 피부입니다. 웬만한 공격은 흘려내지요."

마치 하나라도 더 알아 두라는 듯 당부하는 어조다.

경식 역시 고개를 끄덕이며 지켜보기만 했다.

그러던 중, 정통으로 날아간 화살 하나가 덤컨 남작의 배를 직격했다. 직격한 화살은 푸우욱 하는 소리와 함께 튕겨 나가는 대신 파고들었다.

아무리 질긴 피부라 하더라도 회색 바람처럼 피부 자체가 단단해지는 것이 아닌지라, 뚫리기는 뚫리는 모양이었다.

하지만 터질 듯한 근육이 온몸을 갑옷처럼 감싸고 있어, 화살은 화살촉이 있는 부분마저도 채 들어가지 못했다.

제이크가 다시금 설명했다.

"저것은 박힌 것도 아닙니다. 게다가 복근을 노리다니……투마의 두 번째 특징은, 고도로 발달된 근육입니다."

덤컨 남작이 비명을 질렀다.

[크아!]

팽!

비명을 지르며 근육에 힘을 주자, 박혀 있던 화살이 허공으로 튕겼다. 그 화살은 10미터 밖 평야에 박혔다.

정말이지…… 엄청난 근육이 아닐 수 없었다.

"그리고 세 번째……"

마치 입을 맞추기라도 한 듯, 제이크가 말하기 무섭게 덤 컨 남작이 고무공처럼 하늘로 뛰어올랐다.

2미터나 되던 거구가 점처럼 작아졌다. 그만큼 높이 뛰어 올랐다는 뜻이 된다.

"그 근육에서 나오는 엄청난 순발력과……."

뛰어오른 남작의 신형이 아래로 떨어져 내리며, 바리스타 한 대를 주먹으로 찍어 눌렀다.

콰아아앙!

바닥이 움푹 파이고 10미터에 달하는 구덩이가 파였다.

주변은 이미 반파가 되었고, 우그러진 바리스타와 짓이겨 진 시체가 한데 어울려 이리저리 굴러다녔다.

제이크가 이를 잘근 깨물며 씨근거렸다.

"보시다시피, 저 엄청난 괴력입니다."

경식은 차분하게 고개를 끄덕인 후, 제이크를 바라보며 활 짝 웃었다.

"저보고 저거 상대하라고요?"

"그렇습니다."

"……도와주셔야죠?"

"그러고 싶지만……."

투마를 오롯이 흡수하려면, 제이크가 도와줘선 안 된다.

저 괴물.

경식이 오롯이 상대해야 한다.

"하하. 아하핳하. 아하하하하하."

단 하나의 객체 때문에 수천의 군대가 죽어나가고 있는 광경을 보고서도, 쫄지 않고 앞으로 나아가야 하는 상황이라니?

경식은 할 말을 잃었다.

덤컨 남작이 한참 신나게 바리스타를 때려 부수고 있을 때, 고른 백작은 당황하지 않고 다음 명령을 내렸다.

"모두 뒤로! 그리고 다음 공격 앞으로!"

바리스타를 운용하고 있던 이들이 뒤로 물러났다. 사실 바리스타는 공성병기로 훌륭한 녀석이지만, 만드는 장인의 인권비가 많이 나가는 것이지 단가(?)가 비싼 녀석은 아니다. 시간이 지남에 따라 얼마든지 다시 만들 수 있는 녀석이었다.

문제는 온통 쇠로 이루어진 대포였다.

그것도 덤컨 남작을 상대하기 위해, 평상시 대포보다 2배 크고, 대포알은 평상시 크기의 30퍼센트밖에 되지 않는, 무쇠가 아닌 고강도의 강철로 만들어진 녀석이었다.

가까운 거리인지라 포물선을 그릴 필요도 없었다. 직선으로 나아가는 수십 개의 대포알은 남들에겐 보이지 않을 수 있지만, 이미 전투를 준비 중이던 경식의 눈에는 여실히 보였다.

장관이었다.

꽈꽈꽈꽝!

커다란 굉음과 함께 덤컨 남작이 뒤로 물러났다.

평소 크기의 30퍼센트밖에 되지 않는 송곳 같은 포탄을 처맞고도 뒤로 물러나는 게 고작이다.

그것을 바라보며 고른 백작이 이를 악물었다.

"그래도 효과는 있군! 전군 재장전!"

바리스타도 그러하지만, 포탄 역시 재장전의 시간이 꽤나 오래 걸린다. 혹독한 훈련으로 단련된 병사들이라 할지라도 그것은 마찬가지였다.

적어도 1분여의 시간이 소요된다.

그리고 그 시간을 벌어 주는 것이 고른 백작의 임무였다.

"가지!"

"예!"

고른 백작의 말이 끝남과 동시에 리펠이 앞으로 뛰어들었다. 어느새 그의 검에는 선명한 마나 블레이드가 뿜어져 나오고 있었다.

제이크의 단 한 방에 뒤로 나가떨어졌던 리펠이지만, 사실은 한 가닥 하는 검사였다.

괜히 고른 백작령의 기사단장 직을 맡고 있는 것이 아닌 것이다.

그리고 그 뒤를 고른 백작이 바짝 쫓으며 달려갔다.

제이크가 씩 웃었다.

"리펠이란 자는 소드 익스퍼트 중상. 고른 백작은 상급이군요. 저런 조합이라면 소드마스터라 할지라도 1분이라는 시간을 따내는 데엔 충분하죠."

리펠과 고른 백작이 덤컨 남작을 공격해 들어갔다. 덤컨 남작은 흥성을 토해 내며 손발을 휘둘렀지만, 두 기사는 애초에 자신보다 강한 이를 상대하는 것을 제대로 인지하고 있어서 충분히 조심하고 있는 상태였다.

피하고, 반격해 들어가기를 수차례.

뒤를 돌아본 고른 백작이 모두의 준비가 곧 끝남을 확인하곤 고개를 끄덕였다.

"물러나지!"

"예!"

지고하디지고한 자신의 주군, 고른의 말에 리펠은 상황도 잊고 고개를 돌려 고른을 바라보며 고개를 끄덕였다.

그러면 안 되는 것이었다.

흥성에 젖은 덤컨 남작의 아무렇게나 휘두른 듯한 주먹이 리펠의 뒤통수를 제대로 가격했다.

빠악!

바위 깨지는 소리와 함께 리펠이 주춤 물러나다가, 그대로 엉덩방아를 찧고 누워버렸다.

이미 그의 얼굴은 몸뚱어리 위에서 사라진 후였다.

터져 나간 것이다.

"……."

고른 백작이 형언할 수 없는 표정을 지으며 자신의 가장 충성스러웠던 부하를 잠깐 바라본다. 하지만 마음을 뺏기지 않고 이내 뒤로 더욱 물러나 덤컨 남작과 거리를 벌렸다.

이를 악물고 외쳤다.

"나 이외의 최고상관이 목숨으로 만들어 준 1분이다! 허투루 쓴다면 되겠나아아아아아아!"

"!!!!!"

소리 없는 기합이 들린 것 같았다.

모두 자신들을 위해 주던 리펠의 죽음에 이를 악물고 있었다.

증오심이 끓어올랐다.

모두 이를 악물며 박격포에 불을 붙였다.

하지만 그때.

덤컨 남작의 눈동자에서 붉은빛이 일렁거렸다.

그것을 본 제이크가 경식의 어깨에 손을 올리며 말했다.

"소울에너지를 끌어올리십시오."

Chapter 8

투마의 진면목

"……네?"

"강신 정도론 안 될 겁니다. 주인님의 소울에너지를 끌어 올리십시오!"

그 말과 동시에 제이크의 몸 주변에 갈색 아지랑이가 불처럼 타오르기 시작했다.

그것을 본 경식은, 영문은 모르지만 붉은 어금니와 강신한 상태에서 태세를 전환하여 자신의 소울에너지를 끌어 올렸다.

곧 그의 몸 주변에도 옅은 보라색 아지랑이가 피어나더니 커지기 시작했다.

하지만 너무 늦었다.

곧 덤컨 남작의 입에서 흥성이 토해져 나왔다.

"크르!"

주변 공기가 미친 듯이 떨렸다.

우르르릉!

부채꼴 모양으로 파생된 공기 중의 떨림이 곧 온 전장에 휘몰아쳤다.

명령과 그에 대한 반응, 그리고 갖가지 외침과 북소리로 열광 중이던 전장이 일순간 조용해졌다.

"괜찮으십니까."

"……."

"주인님! 괜찮으십니까!"

제이크가 경식의 어깨를 거세게 흔들자, 그제야 정신을 차린 경식이 뒤로 주춤 물러났다.

그러고는 엉덩방아를 찧었다.

털썩.

"허억. 허어어억!"

참았던. 아니 턱턱 막혔던 숨이 이제야 터져 나왔다.

다리고 후들거리고 어느새 흘러나온 식은땀이 그의 몸 전체를 적셨다.

"방금! 방금 뭐였죠?"

"피어입니다."

"피어······?"

"태어날 때부터 품고 있는, 살기 그 자체이지요."

"패, 패왕색의 패기 같은 건가?"

"무, 무슨 소리십니까?"

"그러게요. 제가 무슨 소리 하는 건지."

경식이 그렇게 대뇌이고 있는데, 붉은 어금니가 이를 갈았다.

[분명. 하다. 이것. 은······ 그녀. 석의······ 살기이다.]

"그 녀석?"

[나의. 부족을······ 죽인······!]

끓어오르는 붉은 어금니의 살기가 경식의 머리로 몰려 왔
다. 그것을 진정시키느라고 애를 쓰고 있는데, 다른 목소리가
들려 왔다.

[취, 취익! 이것은 오우거의 살기지! 도망쳐야만! 도망쳐야
만 살 수 있지! 취이이익!]

회색 바람은 붉은 어금니와 반대였다. 극심한 공포심에 사
로잡힌 회색 바람은 평소 자존심이 앞서고 방만한 때와는 전
혀 다른 모습을 보여 주고 있었다.

두려움.

그는 극심한 두려움에 시달리고 있었다. 아무리 태생적 한
계(?)를 뛰어넘고 상위 종족에게도 주눅이 들어 하지 않던 오
크출신 회색 바람이었지만, 몬스터 중의 최강이라는 오우거.

그것도 오우거 중에서 가장 강했던 객체를 마주하자 형언할 수 없는 두려움이 온몸을 잠식했던 것이다.

그것이 고스란히 경식에게로 전해졌고, 그런 회색 바람의 두려움은 붉은 어금니의 분노와 잘 어우러져 경식에게 다시금 평온함을 주었다.

플러스와 마이너스가 만나 제로가 된 셈이다.

"접신 상태라지만 접신한 녀석에 따라 마음이 정해집니다. 특히나 몬스터의 영혼들은 그것이 더욱 심할 테지요. 저 피어를 견디는 것은 소울에너지를 한껏 끌어올려 몸에 두르는 방법뿐입니다. 주위를 둘러보십쇼."

제이크의 말에 경식은 주변을 둘러봤다. 모두가 몸이 굳은 채 덜덜 떨고 있었다.

조금 전 리펠의 죽음에 대한 분노는 사그라지고, 다리가 후들거리며 팔에는 힘이 들어가지 않는다.

허나 그러거나 말거나 불이 붙은 심지는 점점 짧아졌다.

몇 초 안에 모두가 터져 나간다.

그리고 그때까지 병사들은 정신을 차리지 못하고 있었다.

포신의 방향은 모두 제각각이다.

먼저 정신을 차린 고른 백작이 이를 악물며 소리쳤다.

"모두 포신 방향을 어디에 두나!"

병사들 몇이 정신을 차렸지만 이미 늦었다.

심지가 짧아지며 포의 탄이 포신을 떠났다.

꽈쾅!

꽈꽈꽈꽈꽈쾅!

앞으로 나아간 포탄은 그나마 다행이다. 포신의 각도는 제각각이라, 비스듬한 하늘을 향하다가 땅에 박힌 허무한 것도 존재했고, 아슬아슬하게 덤컨 남작을 스쳐 지나간 것도 존재했다.

안타깝게도 힘이 풀리며 포신이 하늘을 향한 것들이 대부분이었다.

하늘 높이 날아오른 탄두가 방향을 아래로 잡고 쏟아져 내렸다.

소나기도 아니다.

이 세상에 다시없을 우박이 되어 아군을 덮쳤다.

그것을 확인한 덤컨 남작이 다시금 난동을 부리기 시작했다.

포탄의 비가 쏟아지는 이곳에서 아무렇지도 않게 움직일 수 있는 것은 아마 덤컨 남작이 유일했다.

꽈꽈꽈쾅!

아군의 바리스타니 대포니 하는 공성병기들이 모두 박살이 났다. 뿐만 아니라 진형도 와해되었다.

[경식아! 마, 마차가!]

구미호의 외침에 경식이 뒤를 돌아 마차를 바라봤다.

마차의 창문에서 당황하고 있는 슈아의 모습이 보인다.

경식의 눈이 부릅떠졌다.

"안 돼!"

하지만 이렇게 외치는 것밖에 할 수 있는 게 없다.

마차 지붕으로 포탄 하나가 직격했다.

콰아아앙!

흙먼지가 일고 마차의 파편이 여기저기로 비산했다. 정작 마차 안은 보이지 않았기에 경식이 재빨리 달려가 흙먼지 속으로 뛰어들었다.

그러다가 보이지 않는 벽에 부딪힌 후 얼떨떨한 표정으로 물러났다.

흙먼지가 걷히고 드러난 광경은, 슈아가 양손을 펼치고 있고 그만큼의 공간이 안전하게 지켜지고 있는 아주 기이한 광경이었다.

슈아가 아무렇지도 않게 말했다.

"쉴드야."

"……."

"일인분 몫은 한다고 했잖아."

그런 슈아의 아래쪽에서 쭈그려 앉아 겨우 방어막 안에 들어갈 수 있었던 란시아가 성을 내며 벌떡 일어났다.

"흐응. 모양 빠지게 되었네. 이제 슬슬 내 몫을 다 할 때인가?"

그리 말한 란시아가 일어서며 품 안에 간직해 둔 무언가를 꺼내었다.

그것은 완만하게 휘어져서 초승달 모양도 아니고, 그렇다고 일자 모양도 아닌 어정쩡한 황금색 막대기였다. 막대기의 위쪽 단면에는 구멍이 나 있었다.

"후우!"

란시아가 힘을 집중하자, 황금색 막대기에서 빛이 뿜어져 나오더니 검처럼 변형되었다.

그것을 본 경식이 눈을 부릅떴다.

"광선검?"

"호호! 바로 맞추네. 우리 가문 비전의 물건중 하나야."

그런데 검의 길이가 볼썽사나웠다. 장검은 확실히 아니었고, 길이를 보아하니 단검이었다.

경식이 길이를 보고 실망스러워하는 눈빛을 보이자, 란시아가 한숨을 내쉬었다.

"겨울이라 그래. 여름엔 대물이 된단다. 너희 남자들 것이랑 비슷해. 차가우면 쪼그라들어."

"무, 무슨 그런 소리를!"

"하지만 작은 고추가 맵단다. 이거 보렴."

란시아는 그리 말하며 광선검의 끝으로 덤컨 남작을 겨누었다. 덤컨 남작은 고른 백작에게 주먹을 휘두르고 있었다.

란시아가 광선검 어딘가에 붙어 있던 스위치를 눌렀다.

그러자 황금빛의 짧은 검날이 화살처럼 쏘아져 나갔다.

츠슷!

덤컨 남작이 날아오는 검날을 확인하곤 손바닥을 휘둘렀다.

검날이 손바닥에 박혀 들었다.

"어떻게 알아차렸지?"

아주 작은 소리였다. 옆에서 질러 대는 병사들의 비명 소리가 더욱 클 정도다. 그러니 소리 때문에 들킨 것은 아니다.

시야에도 들어오지 않는 완벽하고 은밀한 공격이었는데 그것을 알아차렸다.

"육감이 대단한데?"

그리 말하며 란시아가 왼쪽 손으로 허공을 꽉 쥔다.

그러자 덤컨 남작의 손에 박혔던 빛의 검 조각이 폭발을 일으켰다.

꽝!

작지 않은 폭발!

덤컨 남작의 손바닥이 시커멓게 타들어 갔다.

그가 고통에 울부짖는다.

"끄어어어어어어억!"

비명과 함께 여지없이 피어가 발산되었다. 경식은 이번엔 당황하지 않고 소울에너지를 끌어모았다.

보랏빛 아지랑이가 그를 감쌌다.

'아차!'

그는 무사하겠지만, 뒤에 있는 슈아와 란시아는 이야기가
다르다. 그들은 꽤나 큰 타격을 받을 것이 분명했다.

그리고 그때, 제이크가 두 여인의 앞을 가로막으며 기운을
끌어모았다.

더욱 선명한 소울에너지가 방패처럼 제이크의 앞을 가로막
았다.

후르르릉!

피어가 경식을 침습하지 못하고 지나간 후, 제이크가 뿜어
낸 소울에너지의 방패에 막혀 튕겨 나갔다.

란시아와 슈아가 무사한 게 그 증거였다.

슈아가 옅은 한숨을 내쉬었다.

"나도 큰 마법을 준비할 테니까, 보호 잘해 줘. 그냥 저 녀
석이랑 오빠가 싸우면 되겠네."

"저, 저 괴물이랑…… 휴우."

못하겠다는 말은 도저히 입 밖으로 나오지 않았다.

란시아 역시 털썩 주저앉더니, 마나심법이라도 운용하겠다
는 듯한 자세로 앉았다.

"혹시라도 나에게 달려오면 쿠드가 잘 막아 줘. 앞으로 10

분 정도는 마나를 모아야 다시 사용할 수 있어, 이거."

"별로 타격도 못 줬는데요?"

"그래도 나름 필살기란다. 덕분에 고른 백작이 한 숨 돌렸잖니?"

위험에 처했던 고른 백작이 전선에서 물러나며 제이크를 노려봤다.

"달려들지 않고 뭐 하고 있나!"

그 말에 제이크가 피식 웃는다.

"누가 누구에게 명령을 하는가?"

"으의!"

고른 백작이 경식을 노려봤다.

"이게 어떻게 된 일인가!"

약속한 것과는 다르지 않냐는 듯한 말에, 경식도 난처한 표정을 지었다.

"으음, 어떻게 된 건 아니고…… 우선 제가 나서보려 합니다."

빼고 뺐지만, 이제는 나서야 할 때인 것 같았다.

"어휴. 저거를 어떻게……."

경식의 눈앞에는 전장에서 날뛰고 있는 한 마리의 괴물이 보인다. 괴물은 지금 이 순간에도 주먹 한 방에 다섯 대의 대포를 줄줄이 터뜨리며 포효를 지르고 있었다.

그리고 슬슬 덤컨 남작 뒤에서 흙먼지가 가까워지고 있다.

최전선이 무너졌으니 덤컨 남작의 병사들이 진군해 들어오고 있는 것이다.

이대로 가면 전쟁은 지고 만다.

"전장의 지배자가 따로 없구만?"

경식은 여전히 얼떨떨한 표정을 지으며 앞으로 나아갔다.

나아가던 발걸음이 점점 빨라진다.

'회색 바람. 할 수 있겠어?'

그 말에 회색 바람은 대답이 없다.

답답했다.

[나는, 충분히. 각성되.어 있다. 차고 넘칠 정도.로 말이다.]

'너는 그래서 문제일 것 같아……'

경식의 빨라지던 발걸음이 뜀박질로 변한다. 눈을 감았다 뜨자, 그의 검은 눈동자가 샛노란 색으로 물들어 있고, 동시에 반투명한 영혼의 갑옷이 피부 겉면에서부터 일어났다.

촤앙!

그리고 손 부분에서도 1미터가 넘는 샛노란 색의 칼날이 뽑혀 나왔다.

전투 준비가 끝났다!

쏜살같이 달려든 경식이 반투명한 손톱으로 덤컨 남작의 등을 노렸다.

그 은밀한 공격에 덤컨 남작이 뒤를 돌아 마주 본다.

경식은 놀랐지만, 손을 휘둘러 갔다.

순간 덤컨 남작의 눈이 붉어졌다.

"크르!"

우뚝!

피어에 노출당한 경식의 몸이 바짝 굳었다.

'젠장!'

곧 덤컨 남작의 거대한 주먹이 경식의 몸으로 휘둘러졌다.

경식은 가까스로 손을 양손으로 교차하여 그것을 막아 갔다.

꽈광!

경식의 몸이 튕기듯이 뒤로 밀려났다. 뒤로 날아가는 와중에도 경식의 비명 소리는 멈추지 않았다.

"끄아아아아악!"

붉은 어금니와 접신을 하게 되면, 고통이 아프지만은 않게 된다. 오히려 약간 시원하달까?

하지만 그런 한계선을 초월한 고통은 그저 고통으로밖에 느끼지 못하겠다.

팔이 떨어질 듯이 아파 왔다.

경식은 땅에 내동댕이쳐진 몸을 일으켰다.

덤컨 남작은 자리에 없었다.

[위! 위를 봐!]

구미호의 말에 위를 보자, 태양을 등에 지고 검은 그림자가 빠르게 가까워져 왔다.

"크앙!"

경식이 뒤로 몸을 물리려 하자, 여지없이 피어가 엄습해 들어온다.

순간 경식의 몸에 보랏빛 아지랑이가 뿜어져 나왔다.

노심초사 경식을 바라보고 있던 제이크의 입꼬리가 귀에 걸렸다.

"좋은 태세전환이십니다!"

"끄아아아아아!"

말하는 순간 경식의 주먹과 덤컨 남작의 주먹이 서로 마주쳤다.

콰가각!

경식의 발이 땅 밑으로 박혀 들어갔다. 주변엔 고랑이 파이며 금이 갔다.

하지만 경식은 비교적 멀쩡했다.

공교롭게도 그것은 덤컨 남작 역시 마찬가지다.

덤컨 남작의 기괴해진 머리가 경식에게로 가까워져 왔다.

'이런!'

박치기다!

[취이이이익!]

경식이 당황스러워할 때, 그의 손이 제멋대로 움직이더니 덥컨 남작의 굵은 목을 끌어안고 그대로 휘둘러 버렸다.

그 기세가 어찌나 억세던지 목이 휘어버린 덥컨 남작이 이전에 없는 거대한 미영을 지르며 바닥을 굴렀다.

자리에서 일어난 경식의 눈동자는 짙은 회색으로 물들어있었다.

부지불식간에 회색 바람이 나선 것이었다.

[취, 취이익! 내가 오우거를 공격! 이것은 문화적 충격! 취이이익!]

경식에게 위기가 닥쳐오고 상대방이 박치기를 해 오자, 재빨리 접신하여 익숙한 기술을 걸어버린 것이다.

힘을 이용하는 회색 바람만의 비기였다.

그것을 본 붉은 어금니가 한마디 거들었다.

[대단. 하군. 힘을 이용.한 공격. 저 녀석.의 천적……일지도.]

마치 놀리는 듯한. 아니, 단순한 회색 바람에게서 무언가를 도출해 내는 듯한 능글맞은 목소리였다.

그리고 단순한 회색 바람은 그 말을 듣고 좋다고 소리쳤다.

[취익. 오크인 내가! 오우거의 천적일 수가! 취이이익!]

"아니 그 정도는 아닌 것…… 으음! 아냐! 너야말로 오우거의 천적! 오크들의 자랑거리다!"

[톨톨톨톨.]

경식과 붉은 어금니는 회색 바람이 고양되자 오히려 잘 되었다는 생각을 했다. 조금 전처럼 오우거의 피어에 벌벌 떠는 녀석보다는, 건방지지만 저렇게 나대는 평상시 회색 바람이 훨씬 나았다.

그리고 순간. 시야에 잡히지 않는 거리에서부터 황금빛의 빛줄기가 쭉 하고 길어지더니 덤컨 남작의 등에 꽂혔다.

그리고 폭발했다.

콰앙!

"크어어어어!"

그리 큰 폭발은 아니었고, 큰 부상 역시 아닌 듯 보였다. 하지만 경식의 숨을 돌리게 하기엔 충분했다.

그리고 이어지는 공격.

하늘 위에서 벼락 하나가 떨어졌다. 자연적으로 발생한 벼락이 아닌, 초록색의 벼락이었다.

꽈광!

그것에 적중당한 덤컨 남작이 비명도 지르지 못하고 엉덩방아를 찧었다.

거기까지 본 경식이 왼쪽. 정확히는 슈아와 란시아가 있는 방향을 바라봤다.

란시아는 다시금 다음 공격의 준비를, 슈아는 경식을 바라보며 빙긋 웃고 있었다.

"고마워!"

시간 벌기는 충분했다. 경식은 몸을 완전히 회복한 후, 주먹을 불끈 쥐었다.

"자, 그럼 다시 가 볼까!"

[톨톨. 좋다.]

[취이이익! 나의 도움! 필요하다면 언제라도 말해, 하지만 내가 들어줄지는 그 아무도 모름! 취이이익!]

"오오. 이번엔 꽤 괜찮은 라임이었어!"

경식의 눈동자가 회색에서 노란색으로 다시금 변했다.

그의 피부에 노오랗고 반투명한 갑옷이 덧씌워졌다.

그리고 이미 정비를 끝마치고 경식을 노려보고 있는 덤컨 남작에게로 달려들었다.

"한 판 뜨자, 이 무식하게 힘만 센 녀석아!"

＊　　　＊　　　＊

"허어!"

달려드는 경식을 바라보던 제이크가 다시 한 번 크게 눈을 부릅떴다.

"으음! 정말 빠른 태세전환이로군!"

제이크는 이전. 그의 주인이었던 에리카를 떠올려 보았다.

에리카 역시 태세전환은 빨랐다. 하지만 경식처럼 저렇게 자연스럽지는 않았다. 경식이 에리카보다 태세전환이 족히 30퍼센트 정도는 더 빠른 것 같다.

3초에 전환될 태세전환이 2초면 끝난다.

같은 재능이라고 보았을 때, 에리카보다 경식이 훨씬 빠르고 효율적으로 성장하고 있었다.

왜일까?

"역시. 영혼을 다루는 방법의 차이인가!"

아버지인 에리오르슈 라무에게 사사받은 에리카는 영혼들을 도구로 보면서 자라 왔다. 인간도 아니고, 다른 몬스터나 유사종족이 대부분이던 사령의 보옥이었는지라, 그리 보는 것도 어찌 보면 당연했다.

하지만 제이크는 마음속으로 생각했었다.

'아무리 영혼들이라도, 으리로써 다스리는 것이……'

하지만 라무 때부터 이어 온 전통적인 방식을 고수하고 있는데, 어찌 감히 제이크가 자신의 의견을 피력할 수 있을까?

게다가 그런 의리가 없어도, 에리오르슈 가문은 충분히 최강의 가문이었다.

그럴 필요가 없는 것이다.

하지만 그런 에리오르슈 가문도 마도국과 제국의 합공에

의해 멸문의 길을 면치 못했다.

그리고 깨어진 사령의 보옥은, 그 속의 모든 영혼들이 도망치듯 흩어진 것으로써 그 생명을 다하고 어디론가 사라졌다.

"만약 으리로써…… 다스렸더라면."

의리로 다스렸더라면, 제이크의 말대로 그랬더라면…… 그때도 영혼들은 도망쳤을까?

모를 일이지만, 제이크는 다르게 생각한다.

그리고 그 반증으로, 지금 눈앞의 경식은 '명령'이 아닌 '대화'와 '협조'를 통해서 영혼들과 함께 싸우고 있었다.

정말 놀라운 일이다.

"으으으으리!"

제이크의 거대한 가슴에 경식을 향한 무한한 충성심이 쌓여가고 있었다.

─혈헐헐. 무슨 말을 하는 건지 도대체가 모르겠구먼. 어쨌든 경식의 재능이 투철하다는 말인가?

갑작스러운 왕년 노인의 물음에, 제이크는 씩 웃으며 고개를 끄덕였다.

"주인님께선 항상 기대 이상을 보여주시지!"

─흘흘. 과연 그런가? 재능이라…….

차근히 경식을 바라보던 왕년 노인의 눈빛이 날카로워졌다.

─자네도 칼에 대해선 조예가 깊지만, 나 역시 왕년에는

한칼 했었다네. 자네들은 믿지 못하겠지만 말이야. 상당히 유명한 검사였지.

제이크가 빙긋 웃기만 한다.

말을 계속해 보라는 뜻이다.

―그런 내가 볼 때, 경식은 그렇게 소름 끼치도록 재능이 있지는 않네. 전투 센스도 썩 괜찮고, 넘어졌을 때 다시금 일어서는 마음가짐도 훌륭해. 무엇보다 죽음을 두려워하지 않는 용기가 놀랄 만하지만, 그렇다고 천재 수준은 아니라네. 그에겐 영웅이 될 만한 뾰족한 재능은 없어.

"으음!"

제이크는 그 말에 쉽게 반박하지 못했다. 왕년 노인의 말이 맞았기 때문이다.

―헐헐헐. 하지만 내가 경식을 만난 초반에는 그러한 재능마저도 아예 없었다는 것이 놀라울 만한 일일세. 처음엔 버럭화만 낼 줄 아는 애송이였는데, 어느새 훌륭한 1인분의 몫을 하고 있지 않은가? 이건 말이 안 되는 기현상일세. 비범한 사람은 태어날 때부터 비범하고, 한량은 태어날 때부터 어미 젖빠는 것을 제외하면 귀찮아하는 기질이 있지. 그런데 저 녀석, 점점 비범해지고 있어.

그 말에, 제이크의 웃음이 짙어졌다.

"에리오르슈 가문엔 만들어진 영웅이 존재하지 않는다. 애초에 우리에게 육체란, 움직이기 위한 수단이 아닌 영혼을 담는 그릇의 겉면! 정신 역시 마찬가지. 키워진 그릇을 투영하는 결과물일 뿐!"

―헐헐헐. 그래서 경식의 그릇이 커짐에 따라 더욱 비범해지고 있다는 말인가? 평범한 녀석에서, 충분히 비범한 녀석으로?

"더욱 성장하시겠지! 어느 순간 나의 그릇을 뛰어넘으실 것이다. 그리고!"

제이크가 왕년 노인을 노려보듯 응시했다.

"그리고 노인네 당신까지도."

―헐헐헐헐헐헐.

왕년 노인이 기분 좋다는 듯 웃으며 경식을 응시했다.

―에이잉. 아무리 그래도 그건 쉽지 않을 걸세.

제이크 역시 더 이상 왕년 노인과 대화를 하지 않고 경식을 보았다.

뜨거운 시선이다.

그 시선이 싸우고 있는 경식의 뒤통수에 내리꽂혔다.

Chapter 9
제압 실패

'뭐, 뭔가 엄청난 오한이 뒤통수로부터……'

[지금 무슨 생각을 하고 있는 거야! 눈앞의 적을 보라고, 저 무식한 녀석을!]

'으음!'

경식은 눈을 퍼뜩 뜨고 눈앞을 다시금 바라봤다.

덤컨 남작이 소름 끼치도록 빠른 속도로 경식에게 다가오고 있었다.

경식은 구미호를 바라보며 말했다.

'역시! 넌 아무짝에도 쓸모없는 게 아니었어!'

구미호는 경식이 방심할 때마다 이렇게 빽 고함을 질러 도와주곤 한다. 경식과 영혼이 이어져 있어서, 이렇게 찰나의 순간에도 수많은 대화가 가능한 것은 구미호뿐이기 때문이다.

게다가 어느 정도 경식의 마음속까지 읽을 줄 안다.

전황을 머리 위쪽에서 바라볼 수 있는 구미호야말로 경식이라는 선수의 훌륭한 코치인 것이었다.

[흥! 아무짝에도 쓸모없다니! 말이라고 함부로 하는 게 아니야!]

'하핫. 미안, 미안. 일전에 네가 그랬잖아? 나에게 도움이 될 방법을 찾는 중이라고.'

[아니 그거랑 이거랑은…… 끄응! 아무튼 앞을 봐! 다가오고 있잖아!]

구미호가 무슨 말을 하려다가 화제를 돌린다.

경식 역시 씩 웃고 끝냈다.

'안 그래도 제대로 보고 있다고. 엄청난 속도로군.'

덤컨 남작이 다가오는 속도.

확실히 정말 빠른 속도다.

하지만 경식 역시 빨랐다.

붉은 어금니가 이를 씩 드러내며 웃었다.

[보통. 오.우.거.보단 우리 종.족이 속도 면에,선 우위다!]

"크르!"

순간. 덤컨 남작의 눈이 아주 잠깐 빛났다.

"……!"

1미터에 달하는 5개의 칼날 손톱이 덤컨 남작을 스치며 지나갔다.

촤아앗!

경식이 재빨리 뒤를 돌아봤다.

덤컨 남작 역시 경식을 돌아보고 있었다.

돌아보는 그의 왼쪽 가슴엔 다섯 개의 줄이 쫙 그어져 있었고, 그곳에서 실과 같은 핏줄기가 뚝뚝 떨어져 내리고 있었다.

하지만 말 그대로 긁힌 상처.

치명적인 상처가 되지는 못했다.

붉은 어금니가 이를 악물며 씨근덕거렸다.

[이.대로는 화력.이 모자라.군.]

"게다가 조금 전……."

그렇다. 덤컨 남작은 순간적으로 피어를 발산하여 경식의 움직임을 둔하게 만들었다. 완력을 약하게 만들어 공격이 깊이 들어가지 못했다.

그것에 영향을 받지 않으려면 경식의 소울에너지를 끌어올려야 하는데, 그러려면 접신을 풀고 내면에 집중해야 한다.

경식이 그렇게 만들기까지 걸리는 시간은 불과 2초.

하지만 접전 속에서 2초는 목숨을 좌지우지하는 긴 시간이기도 했다.

지금은 불가능한 것이다.

[제대.로 들어갔어.도 불가능 했다. 완력이 한참. 모자라군.]

"아니 도대체 냄새는 왜 안 통하는 거야?"

이미 경식과 붉은 어금니는 움직일 때마다 붉은 어금니의 향취를 뿌려대고 있었다. 하지만 그것을 맡은 덤컨 남작은 아무렇지도 않았다.

오히려 주변의 모든 이들이 구역질을 내뱉으며 뒤로 물러나고 있다.

덤컨 남작을 제외한 모두에게 구역질나는 향취가 통하고 있는 것이었다.

"탁 트인 공간이라 그런가?"

평야다 보니 공기 중에 날아가는 냄새들이 많았다. 덕분에 모두가 인상을 찡그리고 심한 경우엔 헛구역질을 하지만, 어지러워 쓰러지는 사람은 없는 것이다.

하지만 붉은 어금니의 목소리는 단호했다.

[밀폐된. 공간에서도. 통.하지 않을. 것이다.]

그는 지금 자신의 자랑거리라 자부하는 냄새. 아니, 향취를 스스로 부정하고 있었다.

[녀석에겐. 통하지. 않는다. 오우거는 그런 종족. 이니······
하지만 내 본신의 능력. 이라면·······.]

붉은 어금니가 진지하게 되물었다.

[내. 진명을 꺼.낼 준비는?]

경식이 한숨을 내쉬며 고개를 저었다. 경식은 아직 '그 단
계'를 거치지 못했다.

예열.

자동차로 따지면 엔진을 데우는 작업을 말한다.

인간의 몸으로 따지면 워밍업이다.

아무리 유능한 선수라도 자신의 100퍼센트의 힘을 발휘하
려면 워밍업을 하는 단계가 필요하다.

그리고 경식 역시 지금 그 과정을 거치고 있었다.

그러지 않으면 100퍼센트의 힘은커녕 부상만 당한다.

차는 예열이고, 육체는 워밍업이다.

그리고 소울에너지를 다루는 경식의 입장에선······.

"나, 나는 아직 마음의 준비가 안 됐어."

그렇다.

마음의 준비가 필요한 것이다.

옆에서 바라보고 있던 구미호가 키득거렸다.

[와아. 이런 상황에서 마음의 준비가 안 돼서 못 싸우다니.
깔깔깔!]

'사실인 걸 어떻게 하냐!'

그런 말을 하는 사이, 덤컨 남작이 이를 드러내며 거리를 좁혀 들어왔다.

그 속도가 어찌나 빠르던지, 경식은 붉은 어금니와 접신한 상태에선 도저히 받아칠 수 없다고 판단했다. 리치가 긴 만큼, 품 안을 허용하면 근접이 특기인 회색 바람이 적격인 것이다.

[취익! 맡겨 주어라!]

경식의 눈동자가 회색으로 변했다.

영혼갑옷 역시 회색을 띠며 우둘투둘하게 변했다.

주먹이 날아왔다.

회색 바람과 접신한 경식은 그 주먹을 옆으로 흘려보낸 후 그 힘을 이용하여 엎어치기를 시전 했다.

막 넘기려는데, 또다시 짧은 흉성이 들려 왔다.

"크르르르!"

"끄윽!"

엎어 치려던 자세 그대로 굳어 버린 경식이 뒤를 돌아봤다.

거대한 주먹이 날아든다!

경식이 이를 악물며 몸을 웅크렸다.

"어떻게든 막아져라아아아!"

[취이이익!]

경식의 몸을 감싸던 영혼갑옷이 모두 등 쪽으로 모이며 반투명한 회색이 선명한 회색이 되었다.

콰앙!

움푹!

경식이 땅에 박히며 주변 땅이 쩍쩍 갈라졌다.

경식 역시 고통을 느꼈지만, 비교적 멀쩡했다.

각도가 좋아서 주먹을 튕겨낸 것이다.

마치 군모를 쓰고 총알을 머리로 받아친 느낌이다.

"물론 군대에 간 적은 없지마아아안!"

경식의 눈동자가 다시금 검은색으로 물들었다.

몸 주변에선 보랏빛 아지랑이가 불처럼 타올랐다.

"어디 한 번 뒈져봐아아!"

태세전환을 끝마친 경식이 앞으로 달려가며 주먹을 휘둘렀다.

목표는 눈앞 덤컨 남작의 강철 같은 복근이었다.

덤컨 남작의 눈빛이 여느 때와 같이 붉어졌다.

"크아아!"

피어가 발산하여 경식에게로 폭사 되었다.

하지만 경식은 영향을 받지 않았다.

몸에서 뿜어져 나온 보랏빛 아지랑이가 경식을 철저하게 지켜 주고 있었기 때문이다.

그의 주먹이 덤컨 남작의 배를 강타했다!

쾅! 쾅쾅!

손에 감각이 왔다.

마치 고무 타이어를 치는 것처럼 둔하고, 오히려 치는 힘보다 튕겨 내는 힘이 강하다는 느낌이다.

말 그대로 엄청난 탄성을 가진 질긴 가죽이라 하겠다.

하지만 때린 곳을 또 때리면 장사 없다!

경식이 이를 악물며 외쳤다.

"네놈의 식스팩을 6조각으로 부숴 주마아아아아아아!"

쾅! 쾅! 꽈광!

총 6번의 공격이 복부 단 한 부분에 날아가 꽂혔다.

"끄어어어!"

제아무리 오우거와 접신 중인 덤컨 남작이라 할지라도, 이정도의 공격을 먹으면 고통에 몸부림칠 수밖에 없다.

뒤로 물러나는 덤컨 남작을 바라보며 씩 웃었다.

"마음의 준비가 다 된 듯하다."

말을 하는 경식의 눈동자는 이전과는 비교할 수도 없을 정도로 빛나고 있었다.

지독하리만치 짙은 노란색.

그리고 그의 뒤로 거대하고 짙은 무언가의 그림자가 드리워졌다.

아래쪽에서부터 튀어나온 붉은 이빨. 잔 근육이 돋보이는 호리호리하고 거대한 근육질의 초록색 몸.

그리고 3미터가 넘어가는, 보검을 10자루나 달고 있는 양손.

붉은 어금니가 경식의 등 뒤에서 강림한 것이었다.

[톨톨톨톨.]

경식의 등 뒤에 선 붉은 어금니가 씩 웃으며 몸을 축 늘어뜨렸다.

경식 역시 몸을 축 늘어뜨린 후, 뒤로 물러나고 있는 덤컨 남작을 바라봤다.

그리고 어느 순간.

슉!

경식과 붉은 어금니의 몸이 촛불 꺼지듯 사라졌다.

그리고 10개의 노란 빛줄기가 덤컨 남작의 몸을 자르고 지나갔다.

스칵!

덤컨 남작의 무릎이 꺾였다.

쿵!

손까지 추욱 늘어뜨린 덤컨 남작이 경식을 뒤돌아보았다. 아니, 뒤돌아보려다가 허리가 제대로 움직이지 않아 바닥으로 쓰러졌다.

힘줄이 모두 잘려 일어서질 못하고 있는 것이었다.

옆에서 그것을 보고 있던 왕년 노인이 진지한 어투로 말하였다.

—빨리 끝내야 할 걸세. 왕년에 내가 상대했던 오우거 녀석도, 금방 일어났네. 녀석들은 심줄이 잘려도, 심지어 심장이 터져도 일어나서 싸우는 야성을 가지고 있네.

제이크가 거들었다.

"괜히 투마라는 별명이 붙은 녀석이 아닙니다. 어서 빨리……!"

경식 역시 알고 있었다. 그리고 아마 현대의학상으로, 아드레날린이 급격하게 분비되고 엔돌핀과 다이돌핀 등이 온몸을 잠식해서, 고통도 모르는 무적의 상태로 다시 부활할지도 몰랐다.

그 전에 끝을 내야 했다.

행동을 정지시켜야 했다.

그리고 그것에 대한 준비는 이미 끝마친 상태였다.

경식이 한숨을 내쉬며 하늘을 바라봤다.

=오늘따라 하늘이 노랗네요.

그의 목소리는 이미 붉은 어금니와 동화되어 이명으로 들리고 있었다.

"그것은 주인님께서 너무 무리를 하셔서 하늘이 노랗게 보이는……."

—게 아닌데? 정말 하늘이 노랗군!

이미 경식과 붉은 어금니는 주변을 붉은 어금니의 향취(?)로 가득 채우고 있었다.

그리고 지금, 붉은 어금니의 진명을 사용한 경식은 이 모든 수증기를 한 점에 모으는 것이 가능했다.

그리고 그 지점이 정해졌다.

바로, 지금 가까스로 일어나려 하고 있는 덤컨 남작의 심장 부분을 베어 버린 상처였다.

쉬이이이이익!

주변의 수증기가 빠른 속도로 덤컨 남작의 가슴 쪽 상처로 모여들어, 손톱 만한 크기의 구체가 되었다.

=끝났군. 잘 가라!

경식이 주변 허공을 짚었다.

마치 십 미터 바깥에 있는 그 구체를 쥐어 터뜨리는 듯한 몸짓이다.

그리고 그것만으로 샛노란 구체가 퍽 하고 깨졌다.

덤컨의 심장 주변 상처로부터 거대한 폭풍이 일어났다.

후아아앙!

말 그대로 그것은 폭발에 가까운 폭풍이었다.

*   *   *

폭발이 걷히고 모래 먼지가 가라앉았다.

주변의 모든 것들이 경식과 쓰러져 있는 덤컨 남작만을 멍하니 바라보고 있었다.

"하. 하아아."

경식은 가쁜 숨을 몰아쉬며, 눈앞의 덤컨 남작이 진정으로 쓰러졌는지 그것을 확인했다. 이미 그의 등 뒤에 자리 잡고 있던 붉은 어금니는 그의 몸속으로 다시금 들어가 있는 상황이었다.

덤컨 남작은 쓰러져 있었다.

경식은 그제야 힘이 풀리는지, 자리에 털썩 주저앉고 말았다.

"주인님!"

제이크가 황급히 달려와 경식을 부축했다. 꽤나 먼 거리였음에도 불구하고, 경식이 완전히 넘어지기 전에 달려와 그를 부축한다.

덩치는 산 만한데 속도는 정말 타의 추종을 불허한다.

그럼에도 불구하고 제이크는 이번 전투에서 경식을 단 한 번도 도와주지 않았다.

거기까지 생각한 경식이 피식 웃었다.

"이렇게 빠르면서……."

"죄송……."

"그러면서 절 도와줄 수 없었으니, 차암 괴로우셨겠네요."

"커흡!"

그 말에 제이크가 감동했는지, 금방이라도 울 것 같은 표정을 짓고 있었다.

경식이 배시시 웃으며 벌떡 일어났다.

"이제, 저 녀석을 흡수하면 되겠군요."

[츠릅. 식사의 시간인가?]

경식보다 구미호가 더욱 기뻐하는 것 같았다.

경식은 말 그대로 굿이나 보고 떡이나, 그것도 가장 맛있는 떡이나 홀랑 빼먹으려 하는 구미호를 짐짓 노려봤다.

"와. 싸울 때는 별 도움 안 됐으면서 결과물을 보니까 군침이 도나 봐? 내가 이 녀석 다 요리하고, 먹기는 네가 먹고. 내가 요리사여? 마스터 셰프여?"

그 말에 구미호가 어이없어했다.

[와아. 영혼을 갈무리할 수 있는 게 다 무엇 때문인데? 여우구슬이 누구 건데? 확 그냥 여우구슬 몸 안에서 빼버린다?]

"농담이지, 농담. 왜 그렇게 민감하게 반응을 하고 그래."

[흥! 내가 도와줄 수도 있었어! 그런데 너 더욱 성장하라고

계속 참은 거야! 나도 제이크랑 비슷한 느낌으로 참은 거라고! 충분히 압도적으로 도와줄 수 있었다구!]

"아이고, 어련하시겠어요. 당연히 그러시겠지."

[지, 진짠데. 히잉…….]

"킥킥."

경식은 농담을 할 정도로 마음을 놓고 있었다. 이제, 쓰러뜨린 저 녀석을 흡수만 하면 되는 것이다.

그렇게 생각했다.

카메라의 필름을 거꾸로 돌리듯, 덤컨 남작이 벌떡 일어나기 전까지는 말이다.

"……."

"……."

남작은 조금 전 흉성에 가득 찬 짐승 같은 얼굴을 하고 있지 않았다. 오히려 상당히 편안한 표정이다.

발끝부터 머리끝까지 변형되지 않은 곳이 없지만, 표정만은 거울 같은 호수처럼 평온해 보였다.

그리고, 경식을 보며 말했다.

"너도…… 이 녀석을, 완전히…… 죽이지 못했구나. 불쌍한 녀석."

"……?"

"네가. 날 죽이기를 바랐다."

영문 없는 말을 한 후, 덤컨 남작은 고개를 푹 하고 숙였다.

아니, 고개를 떨어트렸다는 표현이 옳은 것이리라.

그 후, 변화가 일어났다.

후아아아아앙.

붉은색 아지랑이가 그의 눈, 코, 입, 귀에서 줄기차게 뿜어져 나왔다.

그러더니 귀신의 곡소리라고밖에 표현할 수 없는, 소름 끼치는 소리가 흘러나왔다.

[낄낄낄. 낄낄낄낄낄낄.]

그것은 더 이상 덤컨 남작의 목소리가 아니었다.

굵었지만 얇은, 소름 끼치는 목소리다.

굳이 따지자면 남자의 것이 아닌, 여자의 목소리다.

웃음소리를 들은 붉은 어금니가 눈을 부릅떴다.

[저, 저 목소.리 는 분명. 분명 그 빌어.먹을 녀석의 목.소리다! 나의 동족을 학살.한…… 녀석의. 우두머리. 역시…… 저 녀석.이었던가!]

옆에 있던 제이크가 이를 악물었다.

"아무래도 완전히 죽이지 못한 것 같습니다."

"그, 그게 무슨……."

"주체가 바뀌었습니다. 실낱같이 유지하고 있던 몸 주인의 의지가, 완전히 사라졌지요."

경식과의 싸움으로 인해 덤컨 남작이 정신을 잃었다. 덤컨 남작과 오우거 중 가장 강력한 객체였던 투마의 영혼은, 덤컨 남작의 의식이 연결고리가 되어 접신이 된 상태다.

덤컨 남작이 소울에너지에 대해서 무지하고, 투마가 워낙 강력한 영혼이라 덤컨 남작을 오히려 부려 먹는 꼴이 되었었지만, 그래도 덤컨 남작의 의지라는 것이 존재했다.

하지만 지금 덤컨 남작이 기절했다.

보통이라면 이 상태에서 투마와의 결합 상태가 끊어지는 것이 맞다.

대부분 그렇다.

하지만, 심줄이 끊어져도, 심장이 터져도 몸을 움직이게끔 하는 투마 특유의 야성이 그것을 허락지 않았다.

끊어지려는 결합의 끈을, 투마의 야성으로 붙잡은 것이다.

이제 주도권은 온전히 투마에게 있다.

몸 상태가 안 좋은 것은 상관이 없다.

심장이 찢어진 상태지만, 당분간은 움직인다.

그리고 그 움직이는 시간 안에 이곳의 모두가 위험할 정도의 맹위를 뿜어낼 것이다.

그리고 경식은 지금 지친 상태. 저 녀석을 상대할 여력이 없다.

제이크가 경식의 어깨를 꽉 쥐었다.

"안타깝지만. 이곳은 제가 마무리 짓겠습니다."

"예? 그럼……."

"이번엔 흡수하지 못하시지만, 저 녀석이 그렇다고 죽는 것이 아닙니다. 조만간 다른 몸을 찾아서 다시 날뛰겠지요. 그럼 그때야말로 완벽하게 제압해서, 주인님의 것으로 만드시면 됩니다."

경식이 이를 빠득 갈았다.

"분하네요."

제이크가 앞으로 나섰다. 어느새 그의 손에는 소울이터가 들려 있었다.

"그 감정! 잊지 마십시오. 으리만큼 중요한 것이 바로 원하던 것을 얻지 못했을 때의 상실감! 그리고 그 비통함입니다!"

화아아아아!

그의 몸 주변에서 갈색의 아지랑이가 이전과는 비교도 할 수 없을 정도로 뿜어져 나오기 시작했다. 그러더니 제이크의 몸을 완전히 가려버릴 정도로 거세졌다.

소울이터가 하늘 높이 들어 올려졌다.

[끄야아아아아아아!]

아직 덜 깨어난 투마가 흉성을 토해 내며 그런 제이크를 노려본다. 그 눈빛에는 증오와 투기가 가득 차올라 있다.

제이크의 입꼬리가 씩 올라갔다.

"다음에 보자, 투마!"

그리고 소울이터가 내려쳐지려는 순간이었다.

푸하아악!

투마의 가슴 정 중앙에서 누군가의 손이 꽃처럼 피어났다. 그러더니 뱀처럼 그것이 길어져 투마의 온몸을 옥죄었다.

사슬에라도 묶인 듯, 투마가 앞으로 무릎을 꿇었다.

쿵!

투마를 제압한, 실로 뱀처럼 기다란 손의 주인이 이를 씩 드러냈다.

"여기서부터는 조심해야 돼. 나도 이 이후에 당했거든."

그리 말하며, 갑자기 툭 튀어나온 청년의 눈동자가 하늘색으로 물들었다.

그와 동시에 뱀처럼 투마의 몸을 붙잡던 손이 거짓말처럼 짧아지더니 정상으로 돌아온다.

아니, 정상이라고 하긴 어폐가 있었다.

철사처럼 굵은 흰색의 털이 촘촘히 나 있는 괴물의 손을 정상이라 한다면 이상한 것이니 말이다.

그리고, 그의 몸 주변에서 하늘색의 아지랑이가 불길처럼 치솟아 올랐다.

"……!"

경식의 눈이 부릅떠졌다.

분명 저것은, 소울에너지였다.

[크아아아아아!]

투마가 벌떡 일어나 괴로움에 몸부림을 쳤다. 등 뒤에 달라붙은 청년을 어떻게든 떼어 놓으려고 땅을 굴렀다. 하지만 청년은 황소 위에 올라탄 투우 선수처럼 떨어지질 않았다.

등이 땅에 받치며 큰 균열이 나는 것을 감수하고 있으니 질려버릴 정도다.

"큭큭큭! 신선한데?"

쓰으으으윽!

[끼아아아아아아!]

투마가 거대한 비명을 지르더니 손을 축 늘어뜨렸다.

붉은 아지랑이가 더욱 수월하게 청년의 몸. 정확히는 청년의 가슴 정중앙으로 빨려 들어가고 있었다.

"저것은……"

그렇다.

저것은 경식이 했어야 하는 일.

지금 눈앞의 청년은 투마를 자신의 몸으로 흡수하고 있었던 것이다.

"으으음!"

제이크가 눈을 부릅뜨며 치켜들고 있던 소울이터를 마저

휘두르려 하였다.

영문은 모르지만, 눈앞의 상대가 자신들이 힘들게 다 잡아 놓은 먹이를 가로채는데 보고만 있을 수가 없었다.

하지만 그의 검은 허공에서 거짓말처럼 막혔다.

시커먼 오러가 줄기차게 뿜어져 나오는 검이 제이크의 소울이터를 완벽하게 막아 낸 것이다.

제이크가 검을 들어 올린 상대를 보았다. 그 역시 제이크를 노려보고 있었다.

"……!"

제이크는 말 그대로 죽은 사람이 살아 돌아온 것이라도 본 것처럼 눈을 부릅떴다.

"오랜만이군, 제이크."

테카르탄이 씨익 웃으며 검으로 밀어붙였다.

"네가…… 어떻게?"

제이크의 눈동자가 혼란으로 물들었다.

곧 그들의 주변에 검풍의 소용돌이가 몰아쳤다.

Chapter 10

뜻밖의 불청객

　"히야~ 잘 싸우네. 저 자식이 바로 그 유명한 제이크라는 자식이지? 테카르탄이랑 동수를 이루는데? 어떻게 생각하나?"

　청년이 빙글빙글 웃으며 경식에게 말했다.

　경식은 그런 청년을 멍하니 바라보기만 하고 있었다.

　아직 상황파악을 하지 못했기 때문이다.

　그러는 와중에도 투마의 몸에서는 붉은 아지랑이가 청년의 가슴으로 빨려 들어가고 있었다.

　"이봐. 말을 좀 해 봐. 지금부터 하는 말이 너의 유언이 될지도 몰라."

"……유언?"

"내 손에 죽을 거니까."

청년은 피식 웃으며 소름 끼치는 말을 아무렇지도 않게 내뱉고 있었다.

경식은 듣고만 있었다.

듣고만 있는데, 옆에서 구미호가 심각한 얼굴이 되었다.

[저 녀석. 너랑 같은 느낌이야.]

구미호가 마음속으로 말을 걸어오자, 경식 역시 이념으로 의사를 전달했다.

'그건 또 무슨 소리야?'

[말 그대로야. 영혼을 모으고 있어. 저 안에…… 영혼들이 들어가 있어. 가슴 정중앙에…… 보여?]

'으음…….'

경식은 청년의 가슴을 바라보았다. 가슴에는 둥근 구체 하나가 박혀 있었다.

'아, 아이언맨?'

[지금 이 상황에서 그런 말이 나오냐!]

'그, 그렇지?'

경식의 말에 구미호가 한숨부터 내쉬었다.

[저거, 색깔이 낯익지 않아?]

'색깔?'

경식은 청년의 가슴 께를 자세히 보았다. 그곳에 박혀 있는 구슬의 색깔은 반투명한 묵 빛이었다. 중간중간엔 우주라도 담은 듯 빛 입자가 반짝이고 있다.

경식은 순간 오른손을 들어 팔찌를 살폈다.

똑같은 반투명한 묵 빛이었다. 빛 입자 역시 반짝거리고 있었다.

같은 소재로 만들어진 듯한 느낌을 받는다.

그것을 본 청년이 눈을 부릅떴다.

"너. 그거 어디서 주웠냐."

"뭐라고요?"

"그거 내 거라고. 내놔라."

그리 말하며 청년은 자유로운 왼손을 들어 경식에게 뻗었다.

하지만 20미터 이상 거리가 떨어져 있는 상황에서 그 손이 닿을 리가 없었다.

닿을 리가 없어야 하는데, 그의 피부가 뱀처럼 변하더니 손이 쫙하고 길어져서 경식에게로 쇄도해 온다!

깜짝 놀란 경식이 미처 피하지 못했다. 순간적으로 태세전환을 하여 회색 바람의 힘을 끌어 쓰지 않았다면 살이 찢겼을 것이다.

쫙!

마치 두꺼운 장갑을 끼고 투견에게 팔을 내민 기분이다. 청년이 피식 웃으며 뱀처럼 길게 뺀 손을 거두었다.

"재미있는 놈을 먹었군? 피부가 단단해지나?"

"……."

경식은 이를 악물며 팔을 보았다. 단단한 덕분에 자국은 없었는데, 이빨에서 나온 독이 뚝뚝 떨어지고 있었다.

아마 살에 박혔다면 독에 중독됐을 것이다.

"재미있……뭐? 하하."

청년이 갑자기 누군가의 말을 듣듯 고개를 갸웃하더니, 선심 쓰듯 고개를 끄덕였다.

"내가 먹은 놈이 너한테 할 말이 있다는데?"

청년이 눈을 감더니, 다시금 떴다.

곧 전혀 다른 분위기의 다른 인격체가 청년의 얼굴을 덧쓰고는 이야기를 시작했다.

"빌어먹을 녀석. 네놈 때문에…… 내가! 내가 이 꼴이 되었다!"

청년. 아니, 청년 안에 있던 누군가가 경식에게 무한한 적의를 드러내고 있었다.

"……?"

하지만 그가 누구인지 경식이 알 리가 없었다.

"나를. 나를! 기억하지 못하겠는가?"

[나를!]

갑자기 청년의 입에서 청년의 것이 아닌 다른 목소리가 이명처럼 들려 왔다.

그리고 그 달라진 목소리는 경식에게로 하여금 누군가를 떠오르게 했다.

바로 엘바론이었다.

"……엘바론?"

[크크크. 이제야 기억…… 끄어어억! 자, 잘못했습니다. 잘, 잘못…….]

청년에게 투영되었던 엘바론이 비명을 지르며 괴로워한다. 쩔쩔매던 엘바론이 경식을 노려보며 으르렁거렸다.

[네놈을…… 죽일 것이다. 네놈을 죽이기 위해서라면 내 한 몸 아깝지…… 않……! 끄으으윽! 끄아아아아아!!]

"아아아아아아아! 휴우. 미친놈. 몸의 주도권까지 허락하진 않았다."

엘바론의 영혼을 억누른 청년이 경식을 향해 씩 웃었다.

"은원관계가 깊은 모양이야? 이 녀석의 힘을 최고치로 끌어올릴 수 있겠어. 끌끌."

그렇게 말하면서도 청년은 계속해서 투마의 영혼을 빨아들이고 있었다.

"너. 에리오르슈 가문의 적통이지?"

경식은 그 말에 고개를 끄덕였다.

"아무래도요?"

"나는 아류다. 하지만 적통보다 뛰어난 아류지. 여기까지만 알면 될 거야. 그러니 더 이상 물어보지 마라. 죽기 전에 한 마디. 이런 거 싫어서 미리 가르쳐 준 거니까 죽일 때는 유언이랍시고 지껄이지 마. 귀찮아."

경식은 이제야 어느 정도 상황이 이해되었다.

눈앞의 청년은, 자신과 비슷한 힘을 가지고 있다.

그리고 영혼을 모으고 있다.

청년의 말대로라면, 자신은 에리오르슈 가문의 적통이라 할 수 있지만, 청년은 그런 적통에서 벗어난 아류라고 한다.

그것으로 유추할 때, 눈앞의 대상은 에리오르슈 가문을 멸망케 한 두 세력. 제국과 마도국 중 한 세력에서 만들어 낸 실험체라 할 수 있겠다.

'와. 여기까지 유추해 내다니, 나도 판타지 소설이나 추리 소설 같은 거 많이 읽긴 했나 보네.'

그리고 얼추 그게 맞다 싶었다.

그리고 거기까지 생각이 미치자, 지금 이 상황 역시 이해되었다.

지금, 경식이 다 잡아 놓은 투마를 청년은 가로채고 있었다.

손 안 대고 코 푸는 격이다.

어이가 없었다.

"그런데 이상하군. 너는 어떻게 영혼을 흡수할 수 있지? 사령의 보옥은 내가 가지고 있는데?"

하지만 경식이 대답해 줄 의무는 없었다.

경식 그 순간 이 상황을 어떻게 타개해야 하나 하는 고민에 빠져 있었다.

도주해야 하나?

그러기엔 너무 지쳤다.

제이크가 도와주면 되겠다 싶지만, 제이크는 이미 누군가와 싸우고 있다.

놀랍게도 동수를 이루고 있었다.

제이크만큼 강한 상대라는 것을 뜻한다.

그렇다면 도망치는 것은 무리.

싸워야 한다.

하지만 그는 이미 탈진 상태였다. 회복을 하려면 적어도 이틀 밤은 꼬박 잠을 자야 할 것만 같은 기분이 든다.

진명을 쓴 붉은 어금니는 이미 붉은 어금니의 소울에너지가 거의 다 빠진 상태였고, 회색 바람은 힘을 많이 사용하진 않았지만, 그것만으론 승산이 없어 보인다.

싸울 수 있는 상황이 아닌 것이다.

"대답이 없군? 그렇다면 죽인 다음에 시체 찢어가면서 확인해 보는 수밖에."

간헐적으로 토해지던 투마의 비명이 사라졌다.

투마의 붉은 눈동자 역시 파란색으로 돌아왔다.

이제 그것은 투마가 아니었다.

가슴이 뚫린 채, 숨을 헐떡이고 있는 그것은 온전한 던컨 남작이었다.

몸이 줄어든 던컨 남작은 다시금 왜소한 형태로 돌아왔다. 조금 전 2미터가 넘는 거구는 온데간데없었다.

"이제야…… 편안……하게……."

덤컨 남작의 눈동자엔 많은 것들이 스쳐 지나갔다. 일종의 주마등이라는 것이었다.

아버지가 자신의 여자를 채간 일.

그리고 그 여자를 상위 영주에게 접대 차 공유했던 일.

아버지를 자신의 손으로 죽인 사건.

패륜 이후 찾아올 보복에 대한 두려움.

그때 찾아온 손길.

거부할 힘도 없었지만, 힘이 있었어도 거부하지 않았을 악마의 속삭임.

그리고 악마가 되어 버린 자신.

그 자신이 가장 먼저 한 일은, 곁에 있던, 다시금 되찾은 사랑하는 아내의 머리통을 부순 것이었다.

그 이후, 끝없는 살육전을 벌였다.

악마에게 영혼을 지배당하며 행해 왔던 온갖 살육들.

그리고 그것의 끝이 다가왔다.

마음이 편안했다.

"나, 나는…… 난……."

하지만 덤컨 남작의 말은 더 이상 이어지지 않았다.

청년이 오른손으로 꿰뚫고 있는 덤컨 남작을 그대로 뿌리쳐 패대기쳤기 때문이다.

가슴이 뚫린 상태에서

가슴이 뚫린 덤컨 남작은 그대로 절명했다.

"그러니까 그냥 나한테 영혼을 넘겼으면 좋잖아? 물론 그랬다고 살려 두진 않았겠지만."

청년의 발이 덤컨 남작의 머리를 깨부쉈다.

쾌악!

"……!"

거기까지 본 경식의 눈이 찢어져라 부릅떠졌다.

그는 결심했다.

"어차피 도망치지 못하고, 그럴 생각도 사라졌어."

화아악!

회색으로 변해 있던 경식의 눈동자가 더욱 빛났다. 그를 감싸고 있던 반투명한 회색 갑옷이 더욱 짙어지고 굵어졌다.

"잘 부탁한다, 회색 바람."

[취익. 잘 부탁한다 한들. 내가 할 수 있는 건 자잘한 것들! 취이익!]

그렇다. 회색 바람 역시 소울에너지를 쓰지 않은 것이 아니다. 만약 소울에너지가 10이라면, 회색 바람은 지금까지의 전투로 3 정도를 사용하여 7이 남았다.

투마를 흡수한 눈앞의 적을 상대하기엔 턱없이 부족한 힘이다.

방어가 최우선이라는 것을 말하는 것이리라.

"그래도, 잘 부탁해. 그리고 붉은 어금니는 힘을 회복하는데에 집중을 해 줘."

[걱정 마.라 종족의 특.성 자체가. 회.복이니까. 말이.다.]

붉은 어금니는 빠른 회복을 약속하며 무의식 속으로 침잠해 들어갔다.

경식은 이를 악물며 청년을 노려봤다.

"이름이 뭐냐?"

"뭐야. 아까 쓰던 존댓말은?"

"뭐냐고 물었다."

청년이 피식 웃었다.

"알스."

"쿠드다."

"굳이 몰라도 되는 거였는데. 어차피 죽을 거니까."

"죽지 않을 거니까, 알아 두라는 거다."

"네가 죽지 않는다면, 날 죽이겠단 거지, 지금?"

"그렇다고 볼 수도 있겠지."

청년. 알스가 이를 씩 드러내며 웃었다.

"테카르탄 녀석의 말을 빌리자면, 너는 살 확률이 십 중 일에서 십 중 무로 변했어."

"……?"

"난 그런 말을 듣고도 누구를 살려 둔 적이 없거든."

알스가 손을 쫙 펼쳤다.

그러자 가슴에 박혀 있는 보옥에서 빛이 뿜어져 나오더니, 망령들이 뿜어져 나왔다.

총 13마리였다.

알스가 그 망령들 뒤에서 괴물의 것과 같은 오른손을 휘두르자, 냉기가 뿜어져 나와 그들을 얼렸다.

으아아.

끄어어어어어!

비명을 질러댄다.

'저건 뭐지?'

경식의 말에, 구미호가 이를 악물며 대답했다.

[일전에 망령을 사용한 적이 있지?]

'그런 거야?'

일전. 회색 바람을 흡수하기 위해 오크 샤먼과 싸운 적이 있었다.

그때, 주변의 오크들을 죽이기 위해 경식은 10마리가 넘는 망령들에게 여우 불을 입혀서 싸움을 시켰다.

그때는 여우 불로 인해 망령들이 불타올랐다.

지금은 한기로 인해 꽁꽁 어는 상태인 것 같았다.

효과는 비슷하리라.

허공에 13개의 강력한 얼음덩이가 떠 있는 걸 보며, 경식이 침을 꿀꺽 삼켰다.

'건담의 판넬 같은 건가?'

[비슷할걸? 그래도 미사일은 안 쏘겠지. 그럴 능력이 없을 테니까.]

그 말을 들은 경식이 질리겠다는 표정이 되었다.

'넌 어떻게 그런 걸 잘 아냐?'

[너희 선조가 오타쿠였다니까? 무의식 속에 그 정보들을 다 습득한 결과…… 조심해! 온다!]

13마리의 악령들이 일제히 경식에게로 달려들었다.

"……!"

경식이 당황하는 가운데, 이번엔 구미호가 다가오는 악령들 앞을 막아섰다.

[내가 나설 차례로구나!]

공기 중에 여우 불이 뿜어져 나왔다.

*　　　　*　　　　*

쿠와아앙!

"크으!"

다시 한 번 소울이터가 허공을 휘둘렀다.

허공은 박살이라도 난 듯 떨어 울렸다.

정작 박살 나야 할 상대방은 유유히 옆에서 검을 찔러오고
있다.

그런데 그 검의 빠르기라는 게 보이지도 않을 정도인 데다
가 기민하기까지 하다.

아주 미치도록 빨랐다.

결국 제이크가 그 검을 허용하고 말 정도로 말이다.

팍!

"으음......!"

제이크가 뒤로 몸을 물리며 신음을 토해 냈다.

테카르탄은 굳이 쫓지 않고 제이크를 바라보기만 했다.

"형편없군. 어찌 10년 전과 변한 게 없는가."

그 말에 제이크가 이를 씩 드러냈다.

"네놈은 많이도 변한 것 같군. 뭐지? 그 기분 나쁜 힘은?"

제이크가 고개를 갸웃하며 테카르탄의 검을 보았다.

테카르탄의 검은 고도록 압축된 검은 기운이 덧씌워져 있었다.

아주 음산하고 악독한 기운이다.

테카르탄은 무심한 표정으로 자신의 검을 바라봤다.

"소울에너지이다."

"소울에너지라고?"

제이크는 고개를 저었다.

"……그건 사람의 것이 아니다."

"사람이 아니기 때문이다."

"네가 사람이 아니라고?"

"악마에게 영혼을 팔았다."

"으음……!"

이제야 상황을 이해한 제이크가 테카르탄을 안타깝다는 듯 바라보았다.

"오로도 좋은 공부다."

테카르탄이 눈썹을 꿈틀거렸다.

"그렇다면 넌 왜 갈아탔지?"

"그럴 수 있었으니까. 나의 오랜 친구여."

테카르탄이 이죽거렸다.

"나는 그럴 수 없었다. 그래서. 그렇게 되게끔 만든 것이다."

그 말에 제이크는 깊은 한숨을 내쉬었다.

"옛날 생각이 나는군."

"현재가 더욱 중요한 법이지. 그리고 현재. 이것이 너와 나의 차이이다."

뚝. 뚝뚝.

제이크의 배에서는 깊게 베인 상처에서 피가 떨어져 내리고 있었다.

무표정한 테카르탄의 입꼬리가 살짝 올라갔다.

"내가 지금 전력을 다하고 있는 것 같나?"

제이크가 시원하게 웃었다.

"아니!"

"잘 아는군. 그렇다면, 내가 전력을 다하면 너를 죽일 확률이 올라가겠군?"

제이크의 웃음이 더욱 환해졌다.

"글쎄? 잘 모르겠군!"

"단순하고, 우직하고. 바보 같은 성격은 여전한가 보군."

"그건 무슨 말이냐!"

"봉인해 놓은 본신의 실력을 보이라는 말이다."

제이크의 웃던 표정이 정곡을 찔린 듯 꿈틀거렸다.

"예나 지금이나 눈치 빠른 녀석!"

"큭. 굳이 숨기지 않는 것 역시 변함이 없군."

말하지 않는다.

하지만 물어보면 굳이 숨기지도 않는다.

제이크는 그런 사나이였다.

그리고 그것이 마음에 들고, 좋았을 때가 있었다.

물론 옛날 자신이 그렇게 느꼈다는 것이지, 지금의 테카르탄은 전혀 그런 감정을 가지고 있지 않다.

갖고 있지 않다고 자부하고, 그래야만 했다.

왜냐면, 이번에야말로 제이크를 이기고 베려는 생각 때문이다.

"나도 솔직하게 말하지. 내가 진심을 다하면 넌 죽는다."

그 말에 제이크가 재미있다는 듯 씩 웃었다.

"네가 좋아하는 확률로 따지면 어떤가!"

"십 중 십."

"크하하하하하!"

제이크는 기분 좋게 웃었다.

예전에도 그렇지만, 지금은 더더욱 거슬리는 웃음소리가 아닐 수 없었다.

"힘을 개방한다면, 올라가겠지. 네놈이 살 확률이 말이다."

"꽤나 자신 있는 말투로군. 대개 네가 말하는 확률은 정확했지. 예나 지금이나 마찬가지일 거라 생각한다. 하지만!"

후아아앙!

그의 몸 주변으로 갈색 아지랑이가 폭사 되었다.

"예나 지금이나, 이것만큼은 제대로 측정하지 못하는구나. 나의 으리와 근성을 말이다!"

갈색 아지랑이.

그 갈색 아지랑이가, 아지랑이가 아닌, 일종의 형태로써 완성되고 있었다.

"소울에너지를 담는 육체라는 그릇의 첫 단계! 이 단계를 무시하면 곤란하다. 어떻게 소울 게이트가 닫힌 네놈이 소울에너지를 사용하는지는 잘 모르겠지만, 네놈의 그릇은 비정상적이다. 근원도 없고 지표도 없는 껍데기뿐!"

"그것은 견주어 보면 알게 되겠지."

테카르탄의 무심한 눈동자에 분노가 드러났다.

빠치치치치칙!!

시커먼 소울에너지가 검 주위를 감싸는 것을 넘어서 번개처럼 스파크를 뿜어내고 있었다.

그것을 본 제이크의 웃음이 더욱 짙어졌다.

"다시 말하지만 내가 너를 벨 가능성은 없다!"

"무슨 말을 하는지 모르겠군."

"하지만 그것은 나의 으리 때문이지, 나의 근성 때문이 아니다!"

타앙!

제이크가 땅을 박차고 테카르탄을 공격해 들어왔다.

실로 엄청난 순발력에 가속도다.

그것이 소울이터라는 검으로 집중되어 테카르탄을 베어 왔다.

당연하지만 일격필살.

하지만 그것은 맞을 때의 이야기이다.

테카르탄은 슬쩍 옆으로 피하는 것만으로 소울이터의 궤도에서 벗어났다.

그리고 이제 자신이 공격할 차례.

이번 목표는 심장이다.

테카르탄이 빠르게 검을 찔러 갔다.

하지만 문득, 이상하다는 생각이 들었다.

그 엄청난 공세가 허공에 휘둘러졌음에도 아무런 파공성이 들리지 않았기 때문이다.

이상함을 느낀 테카르탄이 뒤로 슬쩍 물러났다.

하지만 늦었다.

제이크의 검이 허공을 가르지 않고 휘어졌다.

아니, 휘어졌다기보다는 오목한 무언가에 부딪혀서 궤도가

90도 가까이 꺾여버렸다.

소울이터가 테카르탄에게로 다시금 쇄도했다.

테카르탄이 이를 악물며 그 검에 응수했다.

쓰가가갓!

한 방의 위력은 제이크에게 상대가 안 된다.

하지만 검 한 번 내지르는 순간에 100여 번 내지를 수 있다면 이야기가 달라진다.

쯔팡!

자르르르르륵.

힘을 완전히 흘려버리지 못한 테카르탄이 뒤로 죽 밀려나며 긴 고랑을 만들었다.

반면 제이크는 단 한 발자국도 움직이지 않았다.

그가 이를 씩 드러냈다.

"붉은 제비 베기! 완성된 건 오랜만에 보는군. 아아, 일전에 네놈 제자들도 만났었다! 아주 잘 컸더구나!"

"……"

자신이 죽인 제자 따위는 안중에도 없었다. 테카르탄은 대신 다른 것에 신경이 쓰였다.

그는 제이크가 아닌, 제이크가 검을 처음 내지르던 허공을 바라봤다.

아니, 그곳은 허공이 아니었다. 갈색의 오목한 무언가가

둥실 떠 있었던 것이다.

그리고 그것은 소울이터의 궤도가 바뀐 지점이기도 했다.

저런 것이 있으니, 검의 궤도가 자연스레 바뀐 것이다.

"소울에너지를…… 형상화 시켜서 체외로 토해 낸다고?"

제이크가 씩 웃으며 소울이터로 테카르탄을 겨누었다.

"이제 네놈의 승률이 어찌 되느냐!"

까드득.

자신만만한 제이크의 태도에, 테카르탄이 이를 갈며 말했다.

"십 중 십. 변함없다!"

그러한 변수는 조심하면 그만이다.

다시 둘의 검이 허공을 베고, 부딪치기를 반복했다.

허공이 부서지는 소리가 전장의 귀청을 찢었다.

Chapter 11

진명

흐아아아아아!

악령들이 비명을 지르는 소리가 요란하게 들려 왔다.

알스는 눈살을 찌푸리며 눈앞의 광경을 바라보고 있었다.

"뭐야. 왜 녹아?"

알스가 부리는 13마리의 망령. 그것들은 좋건 싫건 알스에게 귀속되어 있고, 알스가 그들을 얼리면, 그 한기를 떨쳐 버리기 위해서라도 대상에게 부딪쳐야 한다.

그래서 경식에게로 쇄도했다.

그러니 경식이 얼어야 정상이다. 뼛속까지 얼면, 뒷마무리를 하는 식으로 언제나 간단한 승리를 취해 왔던 알스였다.

헌데 경식이 얼지 않았다.

악령들을 감싸고 있던 얼음이 경식에게 다가갈수록 태양을 만난 얼음조각처럼 녹고 있었다.

"짜증 나네, 저 불덩어리."

알스는 경식 앞을 가로막고 있는 불덩어리를 노려봤다.

불덩어리긴 한데, 그 불덩어리에는 눈과 코, 입이 달려 있었고 꼬리 같은 것도 2개나 달려 있다. 무엇보다 동물의 귀 같은 형상이 불타오르고 있으니, 약간 귀엽다고 해야 할까? 그런 게 갑자기 앞에 서더니 망령들이 맥을 못 추고 이는 것이었다.

끼아아악!

망령들은 이에 굴하지 않고 경식에게로 쇄도해 들어왔다. 물론 품고 있던 한기는 여우 불에 의해 많이 희석되었지만, 망령들이 경식의 몸을 스치고 지나가는 것만으로도 부정한 기운이 몸을 망가뜨릴 수가 있기 때문이다.

경식은 입을 벌렸다.

회색 바람의 자랑인 충격파가 뿜어져 나온다.

파아아아!

충격파에 적중당한 망령들이 비명을 지르며 주변으로 뿔뿔이 흩어졌다.

"신기한 걸 쓰네. 입에서 나오는 건가?"

알스가 그런 말을 하며 경식에게로 쇄도해 들어왔다. 경식 역시 그런 알스를 보며 눈을 부릅떴다.

'빠르다. 하지만 보고 못 피할 정도는 아니야.'

굳이 따지자면 경식이 상대해 왔던 기사들 중에서 가장 빠른 수준? 붉은 어금니보다 못한 수준이다.

그 정도라면 회색 바람이 피하지 못할 리 없다.

그리고 회색 바람의 특기는 피하는 데에 있지 않았다.

힘을 이용하여 공격하는 것이 그의 특기였다.

경식은 그런 생각으로 알스의 품속으로 파고들었다.

알스는 그런 경식에게 무릎 차기를 먹였다.

무릎이 얼굴로 가까워져 오자 경식은 무릎을 스치고 알스를 중심으로 뒤를 돌았다.

뒤에서 알스를 꽉 껴안은 경식이 허공으로 뛰어올랐다. 순식간에 2미터 상공까지 날아오른 둘이 머리부터 떨어져 내렸다.

말 그대로 알스를 메다꽂으려는 생각에서였다.

"뭔가 했더니만."

알스가 씩 웃으며 왼손을 들어 올렸다. 왼손은 이미 검게 물든 상태였다.

화아악!

왼손이 검게 물든 후 길고 얇아지더니 손가락이 길어지며 점막이 형성되었다.

마치 박쥐의 날개처럼 말이다.

그리고 허공에서 그날개가 세차게 휘둘러지자, 둘의 몸이 허공에서 회전하며 각도가 어긋났다.

그러고는 털북숭이 오른손의 팔꿈치가 뒤에 있는 경식의 턱을 거세게 후려쳤다.

빠각!

경식이 옆으로 날아갔고 알스 역시 가까스로 중심을 잡고 설 수 있었다.

박쥐의 날개는 어느새 정상적인 손으로 돌아와 있었다.

경식은 어이가 없었다.

"아, 아니 무슨 손이 가제트 만능 팔이여?"

왼손이 뱀의 비늘로 뒤덮이더니 길어지고 독을 내뿜질 않나, 그러더니 날개로 변해서 홰를 치질 않나…… 도저히 말이 되지 않는 상황의 연속이었다.

그런 생각을 하는데, 옆에서 지켜보고 있던 구미호가 이를 악물었다.

[너와 비슷한 힘을 쓰지만, 그 결과는 전혀 달라. 저 녀석, 영혼을 직접적으로 몸과 동화시키고 있어. 조금 전 투마랑 마찬가지야.]

'그래서 몸이 변하는 건가?'

[응. 이전에 쓰러뜨렸던 녀석을 흡수한 것 같은데, 그 녀석의 능력을 다 사용하되 한정적으로 사용하고 있어. 왼팔에 한정되

어 있어.]

　'내가 봐도 그래.'

　[그리고 오른팔은······.]

　구미호가 알스의 오른팔. 털이 수북한 괴물의 그것을 바라
보며 불길하게 말했다.

　[저건 뭔가······ 거대한 존재의 파편 같은······ 느낌이 들어.]

　'거대한 존재?'

　[뭔가······ 나와 비슷하지만 다른······ 뭔가가 느껴져.]

　구미호의 말이 끝나자마자, 알스가 구미호를 노려보며 피식
웃었다.

　"저거. 뭐냐? 뭔가 익숙한데."

　"······?"

　"저 불덩어리. 아주 맛있을 것 같단 말이야?"

　쩌적. 쩌저저적.

　알스의 오른손 전체가 얼음으로 뒤덮이더니, 그 얼음이 살아
움직이듯 괴물의 것 같은 손으로 변하였다.

　그것은 마치 개의······ 아니, 늑대의 앞발과도 같았다.

　"널 죽이고, 저걸 먹는다."

　분위기가 달라졌다.

　경식이 대비를 하려는 순간,

　알스가 눈앞에서 사라지는가 싶더니 바로 앞에서 모습을 드

러냈다.

"……!"

경식이 손을 들어 그것을 막았다. 막는 손의 겉표면으로 회색의 소울아머 전체가 이동해 방패를 형성했다.

빠각!

그 방패가 볼품없이 깨졌다.

단 한 방에 회색 바람이 자랑하던 강철의 피부가 깨지고 경식의 속살(?)이 드러난 것이다.

[취이이익!]

놀란 것은 회색 바람만이 아니었다. 사실 강철이라 함은 거짓말 조금 보태서 세상에서 가장 단단한 물체라고도 할 수 있는데, 그것이 깨어진 것이다.

단 한 번의 공격으로 말이다.

"이익!"

경식은 반격을 할 틈도 찾지 못하고 뒤로 몸을 던졌다. 덕분에 다음 공격은 피할 수 있었지만, 알스의 공격은 그것이 끝이 아니었다.

알스가 입을 열더니 그 안에서 회색의 가스가 뿜어져 나와 경식에게로 폭사 되었다.

바로 마비 가스였다.

'이것까지!?'

알면서도 당할 수밖에 없는 공격이었다. 태세전환을 해 봤자 붉은 어금니가 진명을 드러내지 않는 이상, 기체 자체를 조종하는 권능은 발휘하지 못한다.

"끄윽!"

경식은 온몸의 털이 곤두섰다. 몸에 힘이 들어가지 않았다.

그 짧은 사이에 몸이 완전히 마비된 것이다.

알스가 씩 웃으며 왼손을 뻗었다.

그러자 비늘이 돋아나고 쭉 길어지며 경식의 온몸을 똬리 틀 듯 우악스럽게 옥죄었다.

"이제 못 도망간다. 죽어라."

스스스스슷.

냉기가 풀풀 풍기는 괴물의 오른손이 경식에게로 내밀어 진 채 다가오고 있었다.

마치 얼음송곳이 심장으로 서서히 가까워지는 느낌이다.

당했다.

외통수였다.

[방법.이 없다. 내가 움직.일 수 있.는 상태가 아니.다.]

그것은 이미 느끼고 있었다. 붉은 어금니와 접신을 하려면 한 시간은 족히 더 있어야 하는데, 지금 투마가 처리된 지 10분도 채 지나지 않은 상황이었다. 그러니 붉은 어금니와는 죽었다 깨어나도 접신할 수 없었다.

문제는 회색 바람이었다.

"충분히 더 단단해질 수 있지 않나? 충격파 역시 좀 더 강할 수 있잖아?"

더군다나 아무리 빠른 공격이라도 막지 않고 흘려보내려고 했다면, 지금까지 그래 왔던 것처럼 행했을 경우 상황이 좀 더 나았을지도 모른다.

그런데 막았다.

빠르긴 했지만 충분히 도전해봄 직(?) 한 스피드였는데, 굳이 막았다.

그것도, 최선을 다하지 않았다.

그것에, 회색 바람이 대답했다.

[취익. 다가오는 저 녀석! 끝까지 기다려야 승리행 마차에 입석! 취이익!]

'뭐, 뭐라는 거지?'

그런 와중에도 알스는 유유하게 걸어오고 있었다.

회색 바람의 혼잣말이 이어졌다.

[취이익! 네가 준 벌레 도구! 그것은 나의 집에 수호구!]

"⋯⋯?"

[췻췻! 지금 내가 하는 말. 그것은 굳이 말! 하지 않아도 잘 들어야 하는 말! 취이익!]

"그래도 뭔가 리엑션을 좀 취할 줄 알았는데, 아무것도 안

하잖아? 사는 걸 포기했냐? 이러면 재미없는데."

알스가 무미건조하게 그리 말하며 심장 쪽으로 그의 손끝을 밀어 넣었다.

손끝이 점점 가까워져 오더니, 거의 닿을 듯 말 듯한 간격이 되었다.

그때까지도 회색 바람은 태평한 소리를 했다.

[지금껏 너를 지켜보며 믿지 못했던 나 자신. 하지만 지금 이 순간 너를 믿고 싶어진 것도 사실.]

손끝이 경식의 살을 파고들었다.

한기가 온몸으로 전해지려 하는 그때!

[안트]

=그것이 나의 진명이다.

파아아아아!

순간 경식을 옥죄고 있던 알스의 손이 갈기갈기 찢어져 나갔고, 경식의 등 뒤에는 회색 피부를 가진 회색 눈동자의 오크의 상반신이 모습을 드러내고 있었다.

"뭐야, 이런……!"

알스가 눈을 부릅뜨며 밀어 넣으려 했던 손을 휘두르려 할 때, 경식이 손을 들어 그것을 붙잡았다.

쫘아아아아악.

조금 전과는 전혀 다른 악력이었고, 내구력이었다.

경식이 씩 웃으며 당황스러워하는 알스를 바라봤다. 지금 그는 회색 바람. 아니, 안트와 완전히 동화된 상태였다.

=맨손 박투술을 사용할 때 손이 2개인 것과 4개가 된 것의 차이를 가르쳐 주지.

콱!

등 뒤의 회색 바람이 솥뚜껑만 한 손으로 알스의 허리와 왼팔을 꽉 쥐었다.

동시에 경식이 알스의 뒤로 돌아 그의 목을 졸랐다.

말 그대로 헤드락이었다.

"끄륵! 끄으으으!"

알스의 입에서 또다시 마비 가스가 뿜어져 나오려 하였다.

하지만 그것을 당할 경식이 아니었다.

곧, 경식의 소울아머와 회색 바람의 회색 피부 겉 표면에 수백 개의 구멍이 뚫리더니, 그곳에서 무형의 기운이 폭사 되기 시작했다.

바로 충격파였다.

온몸의 구멍에서 쏘아져 나오는 수백 개의 충격파가 한꺼번에 터져 나갔다.

피부가 단단하지 않으면 버티지 못한다.

그리고 경식의 피부는 안트의 진명으로 인해 더욱 단단해졌고, 알스는 그렇지 못했다.

충격파에 의해 마비가스가 온데간데없이 사라졌다.

졸지에 경식과 안트에게 꽉 안긴 꼴이 된 알스는 온몸으로
충격파를 받아 낼 수밖에 없었다.

쾅!

"끅!?"

콰앙!

"어억!"

쾅! 쾅! 쾅! 쾅! 쾅!

충격파가 계속해서 폭사 되었고, 쉴 새 없이 알스의 전신을
강타했다.

지금 알스는, 꽉 쥔 맥주캔처럼 찌그러지는 중인 것이다.

곁에 있던 구미호가 다급하게 말했다.

[지금이야! 빨아들여. 빨아들이라고!]

투마를 흡수하려고 덤컨 남작을 공격한 거였다. 핀치까지
몰아세우고, 흡수하려고.

그리고 그것을 빼앗겼다.

지금 자신이 핀치에 몰고 있는 이 녀석에게 말이다.

[아직 완전히 흡수하지도 못했을 거야! 지금이 바로 기회야!]

'그런가!'

경식은 눈을 담았다.

그리고 안트에게 그랬던 것처럼, 그리고 붉은 어금니에게 그

랬던 것처럼 알스의 안에 있는 투마와 마주했다.

* * *

5미터가 넘는 거구.

터질 듯한 근육으로 꽉 들어찬, 검은색에 한없이 가까운 녹색의 몸.

그런데 분명 저건…… 저 가슴에 저건…….

"아, 암컷이었어!?"

[크흘흘흘!]

투마가 재미있다는 듯 웃는다.

그 진득한 웃음이 악귀의 그것과도 같아서 소름이 끼쳐 온다.

꿀꺽.

거대한 괴물이, 그것도 암컷이, 입맛을 다시며 경식을 보고 있다.

"……"

경식은 뒤돌아서 나가고 싶은 마음을 꿋꿋하게 참으며 입을 열었다.

"나에게 와. 너, 인정할 수 있어? 나랑 싸우다가, 다른 놈한테 흡수당한 걸 인정할 수 있겠어?"

[크흐으으]

도발이라면 일종의 도발일 수도 있겠다. 하지만 그 도발에 넘어갈 줄 알았던 투마는 빙글빙글 웃을 뿐 아무런 대답도, 그르렁거림도 없었다.

경식이 초조해지려 할 때.

악귀 같은 투마의 입이 열리며 귀곡성 비슷한 목소리가 흘러나왔다.

[감당. 가능?]

조악하지만 인간의 말이었다.

단 두 마디.

하지만 그 두 마디로도 투마가 말하려는 의도를 잘 알 수 있었다.

감당이 가능하냐고?

덤컨 남작처럼 될 수도 있다는 말인가?

꿀꺽.

[무통. 버팀.]

"……?"

[쉽다. 아니다. 나]

경식이 영혼 친화력이 사기 급으로 높지 않았더라면, 투마가 토해낸 몇 개의 단어만으로는 의도를 알아듣지 못했을 것이다.

말인즉슨, 투마 자신은 고통을 모르니, 너의 채찍질에도 버틸 것이다. 고로 난 쉽지 않다, 라는 말을 하는 것 같았다.

경식이 씩 웃으며 고개를 끄덕였다.

"그럴 일 없을 거야. 네가 아는 그 어떤 녀석들보다 내가 잘해 줄걸?"

[……?]

투마는 자신의 말을 이해했다는 듯이 말하는 경식을 바라보며 고개를 갸웃했다. 이해할 줄 모르고 한 말이었기 때문이다.

[싫다. 나간다. 어디로든. 구각랑.]

"……구각랑?"

구각랑이 뭐지?

경식은 처음 듣는 단어에 고개를 갸웃했지만, 투마는 그런 경식의 의문점을 풀어 줄 생각이 없는 듯했다.

[벌려라. 맞아라. 손. 나.]

손을 벌려 자신을 맞으라는 말일까?

경식이 손을 내밀었고, 투마가 씩 웃으며 그 손에 자신의 거대한 손가락을 얹었다.

[받아들임. 반드시. 나를. 후회.]

"그럴지도 모르지만, 후회하지 않을지도 모르지."

[재미있다. 낫겠지. 여기보단. 네가.]

투마의 붉은 눈이 번쩍 빛났다.

[그리고, 후회. 나. 너는.]

"……!"

경식은 유입되어 들어오는 힘에 소름이 끼쳤다.

*   *   *

알스의 가슴에 박혀 있는 사령의 보옥에서 붉은 기운이 빠져
나와 한참 동안을 경식의 콧속으로 빨려 들어갔다.

참을 수 없는 공허함을 느끼며 알스의 눈이 까뒤집혔다.

"죽인다. 네놈……!"

=……!

하지만 경식은 그런 것을 신경 쓸 겨를이 없었다.

몸이 불처럼 뜨거웠던 탓이다.

하지만 순간, 흡수의 충격으로 인해 알스를 꽉 쥐고 있던 경
식의 팔에 힘이 풀렸다.

그것을 놓칠 알스가 아니다.

"끄아아아아아!"

알스의 괴물 같은 오른팔 주변에서 한기가 뿜어져 나오며 얼
음으로 인해 급격하게 두터워진다.

이미 2미터는 넘어가는 얼음덩이가 오른손에 덧씌워진 것이다.

그것이 경식의 몸을 후려치려 했다.

하지만 그때 황금색 빛줄기가 그 얼음덩이를 강타했다.

팍! 소리와 함께 박힌 그것이 폭발한다.

콰아잉!

홀드 퍼슨!

째애앵!

동시에 알스의 몸이 무형의 무언가에 묶여 버린다.

전장에서 마법으로 적군을 상대하고 있던 슈아의 작품이다.

둘이 시간을 끌어준 덕분에 경식은 정신을 차릴 수 있었다.

안트의 다급한 목소리가 귓가에 들려 왔다.

[취익! 조금 더 버텨! 온 힘을 다해 싸워! 승리를 위하여! 취이이익!]

안트는 지금 이 한 방이 아니면 승산이 없다는 것을 너무나도 잘 알고 있었다.

안트의 특성은 근접전. 지금 경식과 알스는 서로 끌어안은 채 초 근접전을 벌이고 있었다.

사실, 안트가 수세에 몰린 척을 한 것도, 전부 자신과 함께 하는 경식과 붉은 어금니마저 속여 넘긴 고도의 심리전이었다.

그렇게 해서, 알스가 경식을 깔보게끔, 그래서 빈틈을 허용하게끔 만든 다음, 한껏 힘을 폭발시켜 빠져나갈 수 없는 포지션을 잡은 후 충격파로 집중공격을 한 것이다.

단순한 대치상황에서 안트가 진명을 사용했다면, 이제 막 전투를 시작한 알스에게 분명히 밀렸을 것이다.

그러니 지금이 기회다.

이 기회를 잡지 못하면 경식은 오히려 당하고 말 것이다.

=끄으으으으윽!

경식은 젖 먹던 힘까지 다하여 안트의, 온몸에서 강한 충격파를 발산하는 권능을 끌어안고 있는 알스에게 집중시켰다.

쾅! 쾅쾅! 꽈과과과과광!

"……!"

옆에서 제이크와 검을 섞고 있던 테카르탄이 그것을 보고 검이 멈칫했다.

그 빈틈을 놓칠 제이크가 아니었다.

소울에너지의 힘을 받은 소울이터가 허공에서 직각에 가까운 각도로 꺾이며 테카르탄을 베어 갔다.

그리고 그것이 테카르탄의 복부를 정통으로 갈랐다.

순간 테카르탄의 눈이 빛나며 그의 검이 100여 개로 분화되어 검의 막을 형성했다.

꽈가가각!

"큿!"

테카르탄은 뒤로 물러나며 검을 휘둘렀다.

맞추기 위함이 아닌 위협용이다.

깡! 부르르르르!

소울이터와 부딪친 테카르탄의 검이 강하게 떨기 시작했다. 자칫하면 검이 부러질 뻔했다는 반증이다.

"결코 네 주인에게 가게 하지 않겠다!"

"주인이라. 그저 난 임무를 따르고 있을 뿐이다."

테카르탄은 어쩔 수 없이 제이크에게 검을 돌릴 수밖에 없었다.

반면 경식은 필사적으로 권능을 뿜어내는 중이었다.

쾅! 쾅쾅쾅쾅! 꽈과과과과광!

"……끄르윽!"

알스의 입에서 검은 피가 왈칵 쏟아졌다.

그러고는 몸이 축 늘어진다.

그의 괴물 같은 오른손 역시 마찬가지였다.

숨이 막혀 기절한 것이다.

그것을 확인한 경식이 뒤로 주춤 물러나다가 중심을 잃고 쓰러졌다.

힘을 너무 많이 사용한 탓이다.

"후아! 하아! 하아아아아!"

지금 그는 말을 할 힘조차 남아 있지 않았다.

쓰러지기 일보 직전이다.

주변을 둘러봤다.

5천이 넘는 군세는 덤컨 남작이 쓰러지자마자 1천도 되지 않는 남작의 군세를 제압했다.

5천의 정예와는 달리, 1천의 적군은 징집되어 온 농노나 소작농이 대부분이니 당연한 것이다.

칼을 들이밀기도 전에 무릎을 꿇고 투항을 한다. 알고 보니 그들 역시 좋아서 끌려 나온 것이 아니었던 모양이다.

"아아, 이제 끝났나."

쾅!

테카르탄을 검압으로 밀어낸 제이크가 쓰러지는 경식을 안아 들었다.

"수고하셨습니다."

"하…… 힘이 하나도 없네요."

"정말. 정말 크흑! 대단한 근성이십니다!"

제이크가 그리 말하며 온몸에 힘을 주었다.

그러자 가뜩이나 큰 근육이 더욱 크게 팽창했다.

갈색의 아지랑이가 족히 2배는 짙어져서 제이크라는 형상 자체가 보이지 않을 정도가 되었다.

차르르륵!

소울이터가 몸을 부르르르 떨며 그 크기가 더욱 거대해졌다.

모두 순식간에 벌어진 일이었다.

그 폭사 되는 힘에, 쇄도해 들어오던 테카르탄이 놀라서 뒤로 물러날 정도였다.

하지만 뒤로 물러날 수 없었다.

제이크가 소울이터를 휘두르자 소울이터에서 블랙홀 같은

와류가 발생하더니 테카르탄을 강하게 빨아들였기 때문이다.

"소울 베슬 2단계. 네놈이 보지 못한 신세계의 권능이다."

"......!"

콰아아앙!

제이크가 검을 크게 휘두르고, 테카르탄이 빨려 들어가더니 바로 튕겨져 나가 땅으로 처박혔다.

그러고는 제이크가 쓰러져 있는 알스를 찢어 죽일 듯 노려봤다.

"말리셔도 죽일 겁니다."

"......"

경식 역시 아무 말도 할 수 없었다.

사람은 되도록 죽이지 않겠다는 신념이 있었지만, 지금은 별개다. 사령의 보옥. 에리오르슈 가문의 보물이라 할 수 있는 것을 가지고 있는, 가문을 멸망시킨 자들이 만들어 낸 아류종.

제이크의 분노가 하늘에 닿았다.

소울이터가 쓰러져 있는 알스의 목으로 내려쳐 졌다.

Chapter 12
구미호

하지만 그때.

알스가 눈을 번쩍 뜨더니 기이한 형태로 몸을 일으켰다.

마치 누군가에게 머리끄덩이라도 잡혀서 억지로 끌어올려진 듯한 모양새다.

그리고 내려쳐지는 소울이터를 오른손으로 막는다.

까각!

"……!?"

제이크의 일격을 가볍게 막아 낸 알스가 재빨리 달려들어 제이크의 어깨를 물었다.

때린 게 아니라 물어뜯은 것이다.

[크르, 크르르르르르!]

"으, 으으으음!"

제이크의 어깨가 급속도로 얼어붙기 시작했다. 놀란 제이크가 반대편 손으로 그것을 뿌리쳐서 알스를 날려 버렸다.

날아간 알스는 네 발로 서서 이를 드러내고 있었다.

계속해서 짐승의 것과 같은 흉성을 토해내면서 말이다.

"······결국 또 이렇게 되는군."

테카르탄이 한숨을 내쉬며 뒤로 물러났다. 조금 전 알스를 구하려 달려들던 것과는 반대의 행동이다.

그리고 그 이유가 곧 밝혀졌다.

네 발로 선 알스의 입가에서 새하얀 입김이 뿜어져 나왔는데, 그것이 주변의 공기를 얼리면서 방사형으로 퍼져 나갔다.

"······!"

경식은 마치 한겨울에 태풍을 만난 것처럼 추워지는 자신을 느꼈다. 몸이 떨린 것은 둘째 치고, 영혼부터 떨리기 시작한다.

제이크가 다급하게 외쳤다.

"피어에 대응하듯 하십시오!"

"아!"

경식이 그 말을 듣고 있는 힘껏 소울에너지를 끌어올렸다. 다행히 붉은 어금니가 조금은 소울에너지를 회복한 덕에 임

시방편이나마 몸에서 보라색 아지랑이를 피어 올릴 수 있었다.

"으으으, 그래도 춥네요."

"온도는 어쩔 수 없습니다. 하지만 주인님의 영혼이 얼 일은 없지요."

—그, 그런 의미에서 사앙당히 춥구만 그래.

[으으, 이, 이건 좀⋯⋯.]

한기를 직접 대면한 왕년 노인과 구미호가 괴롭다는 듯 몸을 떨었다. 둘 다 얼어붙진 않았지만 괴로운 모양이다.

그야말로 말 그대로 영혼까지 얼려버리는 한기였다.

"아아! 우린 걱정 말아요."

란시아가 배시시 웃으며 쭈그려 앉아 있었고, 슈아가 한숨을 내쉬며 바리어를 형성, 자신과 자신 곁에 쭈그려 앉아 있는 란시아를 보호하고 있었다.

경식이 끄응 하고 한숨을 내쉬었다.

"저, 어떻게 할까요, 제이크? 저 지금 도망갈 힘도 없습니다만⋯⋯."

"으음! 저는 모두를 데리고 도망을 갈 힘은 있습니다만⋯⋯."

그리 말하며 테카르탄을 본다.

테카르탄은 이미 검을 들고, 빈틈이 보이기만을 기다리고 있다.

여차하면 제이크를 베어 버릴 심산이다.

그리고 상황이 변했으니, 충분히 그러고도 남을 것 같았다.

풀썩.

털썩 털썩.

그때. 주변에서 병사들이 픽픽 쓰러지기 시작했다. 모두 눈을 부릅뜨고 호흡조차 않는다.

말 그대로 이들은 얼어버렸다.

알스를 이대로 두면 주변의 모두가 얼어 죽을 것 같았다.

"크으. 어떻게 안 되겠는가!"

멀리서 지켜볼 수밖에 없던 고른 백작이 괴로운 신음을 토하듯 소리쳤다.

테카르탄이 피식 웃는다.

"차라리 잘 된 일인지도 모르겠군. 이대로 대치만 한다면, 제이크. 너를 죽일 기회가 올지도 모르겠어."

"흥! 꿈도 꾸지 마라!"

"글쎄. 어떨까."

무표정한 테카르탄의 입꼬리가 살짝 말려 올라갔다.

소름이 끼칠 정도로 차가운 웃음이다.

경식은 자신이 할 수 있는 것이 없음에 한탄했다.

'아! 새로 영입한 투마를 사용하면!'

경식은 바로 눈을 감고 투마와 접촉을 시도했다.

하지만.

쾅!

"꺼윽!"

경식의 몸 안에서 거대한 파공성이 들려왔다.

그의 몸은 활처럼 휘어졌다.

엄청난 고통이, 가뜩이나 꽁꽁 어는 추위 가운데 터져 나왔다.

[후회. 말했다. 내가. 반드시]

그렇다. 투마는 경식에게로 올 때에 자신을 흡수한 것을 후회하게 될 거라고 말한 적이 있었다.

그게 지금처럼 작용할 줄이야?

"뭐야. 받아들인 걸 벌써부터 후회하다니!"

뭐, 어쩔 수 없이 받아들였다만 이런 상황에서도 힘을 빌려 주지 않는 녀석이라니, 앞날이 깜깜했다.

그것을 듣고 있던 붉은 어금니가 콧방귀를 뀌며 끼어들었다.

[흥! 난 저 녀.석 자체를 받.아들인 걸 못마.땅하게 생각한다.]

"그런데, 사령의 보옥 안에 있을 때는 한 식구 아니었어?"

[그것과 이것.은 다르다. 그때.는 감옥 같은 곳.이었고, 지금.은 만족스러운 집.이다. 그런 공간.을 동족의 원수.녀석과 함께 공유.해야 하다니.]

[취이익! 우리와 함께하는 저 녀석. 하지만 무너진 위계질서! 취익!]

둘 다 투마가 여우구슬 안으로 들어온 걸 상당히 못마땅해 하고 있는 모양이었다.

"끄으으, 그렇다고 이런 상황에서 불평불만이냐! 지, 지금어, 얼어 죽게 생겼다고!"

꼭 이런 상황에서 그래야 할까 싶다. 어차피 흡수해야 했을 대상인데, 이런 상황에서 불평불만이라니?

하지만 붉은 어금니와 안트는 전혀 다른 생각을 가지고 있었다.

[당연.히 화를 낼.수밖에 없지! 난 너.와 안.트 이 녀석에게 화가 난.다! 저 녀석이 조금.만 더 진명.을 일찍 말했.더라면……!]

'더 일찍 말했더라면?'

[그랬더라.면…… 하. 지금.은 그럴.힘 자체가 없.는 상황이다. 검은. 구체를 사용할 절.호의 기회였는데…….]

붉은 어금니는 그 말을 끝으로 입맛만 다셨다. 그에 대해 안트는 아무런 말도 하지 않고 가만히 이를 갈고 있을 뿐이었고 말이다.

경식의 입장에선 이해가 잘 가지 않는 말이기도 했다.

경식이 어이가 없어서 뭐라고 말하려는 순간, 옆에서 경식의 곁에 착 달라붙어 있던 구미호가 혀를 끌끌 찼다.

[아이고. 둘이 어떻게 할까 궁금했는데, 결국 이렇게 된 거야?]

"응?"

[너 말고. 내 구슬에 살고 있는 밥버러지들 말하는 거야, 밥버러지들.]

그 말을 들은 붉은 어금니가 이를 악물었다.

그리고 아무 말 없던 안트 역시 끄응 하고 한숨을 내쉬었다.

경식과 영혼들의 대화는 의식 속에서 고속으로 이루어지고 있었다.

[저 녀석들, 더 강해질 수 있었어.]

[그.걸 어떻.게?]

[인마들아, 내 여우구슬에 살고 있는 녀석들이야, 너희들. 그런데 내 구슬에 생긴 변화를 내가 모를까 봐? 너 같으면 네 몸에 무언가 강력한 것이 자리를 잡았는데, 그게 뭔지 모르면 그게 집 주인이냐! 나가 뒈져야지!]

[며, 면목 없.다.]

[돼지 새끼는 할 말 없냐! 엉! 이 누나가 하나하나 짚어줘야 돼? 확 진짜 대패로 회쳐갖고 삼겹살로 지져 먹어버린다!]

[취, 취익! 죄, 죄송! 지금 나는 엄청난 반성! 취이이익!]

'그건 또 무슨 소리야, 대체?'

그 말에, 구미호가 한숨을 푹 내쉬며 말을 이었다.

[저 녀석들은, 둘이 합체해서 너에게 작용하는 게 가능해져 있었어. 충분히 더 강한 힘을 너에게 줄 수 있었다구! 그냥 지네 둘이 연합하기 싫고 꺼려져서 이 상황을 만든 거야! 이젠 그러고 싶어도 이미 늦었지. 이미 둘은 그럴 만한 힘이 남아 있지 않거든!]

그 말에 두 영혼이 침통해하는 듯 한숨을 푹 내쉰다.

그걸 듣고, 경식은 오히려 피식 웃었다.

'으음. 그건 이미 알고 있긴 했는데?'

[취이익?]

[뭐라. 고?]

두 영혼 역시 놀랐지만, 구미호가 가장 놀랐다.

[뭐야. 알면서 왜 안 했어?]

'으음. 안다고 했지, 하는 방법을 안다고는 안 했어. 에리카가 나한테 배우라고 그랬는데, 됐다고 그랬거든.'

[아니 대체 왜!]

그 말에, 경식이 씩 웃었다.

'강제로 힘을 빼먹기 싫어. 주는 힘 받아 쓸 거야. 언제나 말하지만, 난 너희와 친구처럼 되고 싶지 주종관계를 맺고 싶진 않아. 그래, 제이크가 말하는 으리라고 해야 하나?'

[……]

그것을 듣고, 두 영혼은 꿀 먹은 벙어리처럼 아무런 반응도 하지 못했다.

구미호만 답답해 미치겠다는 듯 말을 토해 낸다.

[의리 좋아하네! 결국 이 꼴이 났잖아!]

'하하하. 그러게 말이야. 그래도 후회는 없어.'

쩍. 쩌저저적.

이미 경식의 몸은 발끝부터 가슴께까지 얼어붙은 상태였다. 그에게 늘러 붙은 얼음은 파란색이 아니라 심해와도 같은 남색이다.

영혼까지 얼어붙고 있다.

확실한 위기다.

문득, 네 발로 선 채 비명 같은 괴성을 지르며 냉기를 풀풀 풍기고만 있는 빌어먹을 알스를 노려보며, 경식은 한숨을 내쉬었다.

'에어컨처럼 냉기만 뿜어내는데, 어떻게 할 수가 없네.'

그 냉기가 영혼을 얼려버릴 정도로 엄청난 냉기라면 정말 어쩔 도리가 없었다. 피했으면 좋았을 텐데, 미처 타이밍도 잡지 못했다.

다행히 제이크는 경식보단 잘 버티는 듯했고, 슈아는 훨씬 멀리 있어서 이 냉기에 대처할 정도가 되는지 멀쩡했다. 물론 바리어가 점점 깜박이는 것이 위태로워 몇 분 버티지 못하겠지만 말이다.

다른 이들 역시 마찬가지다. 대부분이 쓰러지고, 마나를 다룰 수 있는 기사들이나 무릎을 꿇고 헉헉댈 뿐이다.

고른 백작 역시 마찬가지. 죽을 위기에 처하자, 눈빛이 절박해진 채 자신을 바라보고 있었다.

어떻게든 해달라는 듯.

'미안하지만, 이젠 입도 안 벌려지는 상황이라고요. 이렇게 죽나 봐.'

경식은 그런 생각을 하며 구미호를 바라봤다.

구미호는 뭔가 결연한 표정을 짓고 있다.

'죽을 때까지 네 진명은 모르네. 그냥 구미호라고밖에 부른 적이 없는 것 같아.'

[갑자기 무슨 소리야? 곧 죽을 사람처럼 굴고 있어.]

'곧 죽는 것 같은데, 왜. 그래도 사후세계라는 게 있다고 생각하니까 그렇게 무섭지는 않네. 뭔가, 한 번 죽으면 계정이 삭제되는 게임에서 죽어 가는 느낌이랄까? 음. 아니 그거 곱하기 100정도는 되겠다.'

그 말에, 구미호가 빙긋 웃었다.

[적어도 불안하진 않다는 거?]

'뭐~ 그렇다고 해야 할까?'

[풋. 아니야. 불안하지 않은 건, 죽음이 가까워서가 아니라, 네가 아직 죽을 때가 되지 않았기 때문일걸?]

'……?'

[어이, 덩치 큰 년!]

[……!]

가만히 있던 투마에게 구미호가 말을 걸었다.

그것도 '년' 자를 붙이면서 말이다.

투마가 으르렁거리듯 대답했다.

[……죽인다. 다시 한 번. 너를. 말다.]

[쟤 지금 뭐라는 거야?]

'다시 한 번 그렇게 말하면 죽인다고 하는 것 같은데?'

[너는 그걸 어떻게 아는 거야?]

'아니 그냥 알게 되네.'

[그럼 네가 년 아니면 뭐냐? 지금 남의 구슬에 얹혀살게 된 주제에 집주인한테 반항하는 거냐? 방 뺄래?]

[그건.]

[네 의사는 솔직히 필요 없어. 네가 그 방의 주인이라고 생각해? 웃기지 마. 그 방의 주인인 경식이랑 내가 마음씨가 고

와서 이러고 있는 거지. 너도 밥값 못하면 얄짤없어! 알아?]

[······?]

[힘 빠질 때, 버티지 마. 알았어?]

구미호는 그렇게 말하더니 경식에게로 달려들었다.

[넌 죽지 않아. 내가 있잖아!]

'그건 또 무슨 소리야? 넌 언제나 있었잖아? 잉여잉여하면
서.'

경식의 핀잔에 구미호가 울컥 한다.

[확 안 도와줘 버릴까 보다, 라고도 말 못하겠네. 시간이
없다!]

거기까지 말한 구미호가 경식의 몸으로 달려들었다. 경식
은 이미 거의 모든 몸이 얼어붙고, 눈 위에만 멀쩡한 상태였
는데, 그곳으로 파고든 것이다.

경식의 몸에 파고든 구미호가 말을 이어 갔다.

[가급적이면 쓰기 싫었어. 오해 살까 봐.]

'무슨 오해?'

[이제 보면 알아. 주도권은 너에게 넘기겠지만, 너무 힘을
많이 쓰지 말자, 우리.]

도대체 무슨 소리인지 모르겠다.

하지만 그 말이 어떤 것을 의미하는지, 경식은 부지불식간
에 알게 되었다.

[하지만. 싫다. 주기. 준다. 보다는 낫다. 구각랑. 빌어먹을!]

버티던 투마가 씩 이를 드러냈다.

[마지막이다. 처음이자.]

구미호는 그런 투마의 말을 묵살했다.

[건방지고 있네, 신참 주제에. 야! 너희도 내놔! 내가 이러다가 말라 죽겠다~ 싶을 정도로 내놓으라고! 알았어?]

그 말에, 회색 바람과 붉은 어금니가 무조건 끄덕였다.

[그런.데 방.의 주인이여. 무.엇을 하려는 것.인가?]

[그건 결과로 봐라! 경식에게도 못해 주는 서령 너희한테 해 줄 것 같아? 시간이 없어!]

그 말을 끝으로, 구미호는 경식의 안에서 눈을 감았다.

그와 동시에,

감겨져 있던 경식의 눈이 뜨였다.

그 눈동자는,

밝은 다홍색으로 타오르듯 빛나고 있었다.

*   *   *

아우우우!

묘한 여운을 남기는 여우의 울음소리가 뿜어졌다.

그의 몸을 감싸고 있던 남색의 얼음조각들이 눈 녹듯 사라졌다.

그리고 그 자리를 다홍빛의 소울아머가 뒤덮기 시작했는데, 그것은 안트의 것처럼 나무껍질 같지도, 붉은 어금니의 것처럼 번들거리지도 않았다.

소울아머는,

부드러운 다홍색의 털로 이루어져 있었다.

바람이 날릴 때마다 물결이 일렁이듯 넘실거린다.

말 그대로 여우의 가죽 같은, 포근한 느낌이 든다.

그의 몸에서 밝은 다홍색. 차라리 황금색이라고 말해야 될 정도의 아지랑이가 뿜어져 나오고 있었던 것이다.

=이것은……?

경식은 자신의 머리 위를 만져 보았다.

짐승의 부드러운 귀 모양의 소울아머가 느껴지고 있었다.

경식은 이성을 잃은 알스가 엄청난 한기를 뿜어내는 순간에도 아무렇지 않은 듯 태연하게 서 있다.

믿기지 않는 상황.

그리고 이질적인 감각이 엉덩이 쪽에서 느껴지고 있었다.

원래부터 있던 제 3의 손. 제 4의 손을 오랜만에 움직이는 듯한 감각.

그는 지금.

꼬리가 무려 2개나 달려 있었다.

=뭐, 뭣이여 이게!

그 말에, 그의 마음속에 있는 구미호가 말을 받았다.

[원래는 3개가 나와야 하는데, 투마년의 힘을 모조리 끌어 모아서 3개는 불가능해. 꼬리도 볼품없이 작지?]

확실히 돋아난 두 개의 꼬리는 풍성하지도 않았으며, 그렇 다고 길지도 않았다.

[원래는 보기 좋게 2미터 이상 뿜어져 나와야 하는데, 1미 터도 채 안 뿜어져 나오네.]

=그, 그런 거야?

[심지어 점점 작아지는 거 보이지? 한 번에 끝내야 돼. 알 았어?]

=어, 어어!

[어떻게 해야 되는지 모르지?]

처음 사용해 보는 구미호와의 접신인데 알 리가 없었다.

=그, 그렇지?

[나도 오랜만이라 가물가물한데, 우선 나에게 몸을 맡기 고, 확실히 느껴. 다음번엔 네가 사용할 수 있도록 말이야.]

=그래!

경식이 그 말과 함께 눈을 감았다. 그다음 뜬 것은, 조금 더 날카롭고, 요염한 분위기를 풍기는 눈매와 표정의 경식.

아니, 구미호였다.

=흐응. 인간의 몸은 오랜만이네. 옛날 그 녀석과의…… 으음. 안 좋은 추억.

구미호는 빙긋 웃으며 고개를 회회 젓더니, 알스에게 손바닥을 겨누었다.

=지금 힘이 부족해서, 뿜어내는 게 고작이라는 걸 감사하게 여기라고. 알스라고 했던가? 아니…… 그게 아니라면 그 녀석을 뒤집어쓴 무언가인가?

꽉. 꽈드드드드득.

그때, 알스의 이마에서 두 개의 고드름이 자라났다.

고드름은 하늘색의 뿔처럼 변했다.

눈이 떠졌다.

섬뜩한 하늘색의 눈동자다.

그 야수 같은 눈동자는 결코 알스의 것이 아니었다.

전혀. 다른 이다.

그가 네 발로 선 채, 씩 웃었다.

[네놈…… 누구냐.]

=알 거 없어. 너에 대해서도 별로 궁금하지 않아.

[닮았군. 나와.]

=기분 나쁘지만, 부정하지 않겠어.

꽈우우우!

황금빛의 아지랑이가 손바닥에서 둥글게 뭉치며 와류를 형성하기 시작했다.

사람 머리통만 한 소용돌이다.

'지금은 이게 한계야.'

생각과는 달리, 구미호는 자신 있는 표정으로 알스도 무엇도 아닌 뿔 두 개 달린 늑대를 바라봤다.

늑대는 씩 웃더니, 네 발로 선 상태에서 두 발로 다시금 일어섰다.

[내 본능이 말하는군. 지금은 진다고.]

=그럼 잠자코 죽어.

[터뜨리면, 이곳 모두를 구하지 못할 텐데.]

과연. 주변의 모든 것들이 얼어붙은 후, 녹고 있었다.

주변 인간들의 영혼마저도 말이다.

서서히. 아주 서서히. 녹기 직전에 따스함을 거두면, 다시금 얼어붙을 불안한 상태로 말이다.

이곳에서 이 와류를 끊는다면, 모두가 다시금 얼어붙어 죽는다. 화력에 휘말린 주변 사람들은 잿더미가 될 것이다.

제이크를 제외한 모두가 포함된다.

슈아도. 얄미운 란시아도. 그리고 경식 일행을 누명에서 벗겨주겠다던 고른 백작 역시, 그것은 마찬가지다.

=칫.

구미호는 손바닥에 형성된 불길을 몸 안으로 거두어들였다.

그리고 눈앞의 차가운 늑대가 그랬던 것처럼, 주변으로 불길을 방사한다.

따스한 기운을 말이다.

[기분 나쁜 기운이다.]

=꺼져.

[또 만날 것 같은 예감이 드는군. 그때는 죽이겠다.]

=할 수 있다면 말이지?

"아니. 그때는 네가 나설 차례는 없을 것이다. 알스 역시 너에게 다시금 잠식당하지 않을 것이다."

뒤에서 보고 있던 테카르탄이 이를 갈았다.

"구각랑."

차가운 늑대. 구각랑이 피식 웃으며 구미호를 지그시 바라봤다.

[서로 노력하자. 육체를 탐하기 위해. 다시금 세상에 나오기 위해.]

=……?

구미호가 뭐라고 말하려 하기도 전에, 구각랑이 몸을 날려 사라졌다.

테카르탄은 그런 구각랑을 쫓아 사라졌다.

=하아아아.

구미호가 한숨 돌리더니, 본격적으로 주변에 자신의 따스한 기운을 방사하기 시작했다.

가장 먼저 몸이 녹은 제이크가 그런 구미호를 바라봤다.

"처음 보는 광경이로군."

=나는 좀 익숙해.

"구미호여. 내 주인을 깨워 주어라."

제이크의 말에, 경식의 육체를 잠시 주도하고 있던 구미호가 한쪽 눈을 찡긋해 보였다.

애초에 예쁘장한 경식의 얼굴에 요염하고 청초한 분위기가 더해지자 상당히 묘했다.

=경식이는 정신을 잃었어. 아마 내가 주도하지 않으면 쓰러질 거야.

"그럼 쓰러지게 두어라. 네가 주도하면…… 안 될 것 같은 느낌이 든다."

그 말에, 구미호가 싱긋 웃으며 고개를 끄덕였다.

=나도 그러고 싶은데, 그렇게 되면 힘을 거둬야 돼. 이곳 사람들 다 죽어.

"……."

=그러니까, 조금만 이렇게 있자. 나도 좋아서 이러는 건 아니니까. 아, 물론 세상을 피부로 느끼는 감각은 좋지만……

구미호는 남은 힘을 모두 쥐어 짜 주변에 온기를 전하며, 하늘을 바라봤다.

이미 해는 서녘으로 넘어가 석양을 만들어 내고 있었다.

구미호는 그 석양을 몽롱하게 바라보았다.

이천 년 만에 보고, 느끼는 석양은,

=아름답고…… 뜨거워.

뜨겁고도, 아름다웠다.

Chapter 12
구각랑. 그리고 덮쳐 오는 손길

"아주 재미있게 잘 지내고 있었나 보군?"

"흐음."

경식은 지금 이 상황이 어떤 상황인지 아주 잘 인지하고 있었다. 에리카가 짜증 섞인 표정으로 자신을 바라보고 있었기 때문이다.

지금은 꿈 속.

아니, 정신세계 속일 것이다.

"투마를 들였더구나. 느껴진다."

"그렇지. 투마를 흡수했어."

"투마…… 아주 까다로운 녀석이지. 호호호호호호."

에리카는 얼굴에 어울리지 않는 음충맞은 웃음을 지으며 말을 이어 갔다.

"그 녀석을 얌전하게 만들 비기를 아는데, 네놈은 그래도 나의 가르침을 안 받으려고 하겠지?"

경식은 씩 웃기만 했다.

대답하기도 귀찮은 질문이라 다른 말로 화제를 돌렸다.

"그나저나. 그 녀석들은 뭐였어?"

"무슨 녀석인지 내가 어떻게 아느냐? 네 시신경과 연결되어 있는 것도 아니고, 사상공유가 되어 있는 것도 아니고 말이다."

"아아, 그런 거야?"

"난 그저 네 꿈속에서밖에 의식을 존재시킬 수 없는 불쌍한 식물인간, 그 이상도 그 이하도 아니니라."

"뭐 그렇게 자기 자신을 비관해? 넌 원래 그러지 않았잖아?"

처음 마주했을 때 보여주었던, 그 도도하고 콧대 높은 모습이 온데간데없는 에리카를 바라보며, 경식이 피식 웃었다.

"흥. 결국 고독은 사람을 미치게 한다. 미치고 있지 않은 것만으로도 나의 정신력과 지조를 높이 사야 하는 게지."

"그건 그것대로 또 맞는 말이네."

"그래서. 무슨 일이 있었느냐?"

그는 깨어나고 싶어도 깨어나지 못하는 상황이었다. 설명할 시간은 많았고, 경식은 그간 투마를 잡으면서 생긴 일을 빠짐없이 설명했다.

그것을 흥미롭게 듣던 에리카가, 알스에 대한 이야기가 나오자 눈을 부릅떴다.

"뭐라? 영혼을 다뤄?"

"응. 그런데 나보다 좀 더 직관적으로 다루던데?"

경식은 접신을 하면 소울 아머가 몸을 둘러싸는 식으로 힘을 발현한다. 그런데 알스라는 녀석은 몸 자체가 변형이 되어 접신이 발현된다.

예를 들어서 멀쩡한 손이 갑자기 뱀으로, 점막날개로 변하는 것이 그것이다. 심지어 오른손은 인간의 손 같지도 않다. 말 그대로 하늘색의 늑대의 것이었다.

거기까지 설명을 들은 에리카가 다시금 눈을 부릅떴다.

"잠시. 뭐라? 하늘색 늑대?"

"구각랑이라고 하던데?"

"……!"

에리카는 눈을 부릅뜬 상태에서 더더욱 눈을 부릅뜨는 신기를 보여주며 말을 이어 갔다.

"구각랑……."

"역시 아는 영혼이지?"

"알다 뿐인가. 부리던 영혼인데."

"그래? 부렸었어?"

1000년 동안 때로는 굵게. 때로는 얇게 명맥을 이어 가던 에리오르슈 가문의 역사를 이야기하려면, 구각랑은 빼먹을 수 없는 존재이다.

1000년 전, 흑마법사들이 창궐하여 끝끝내 마계의 문이 열렸을 때, 수많은 마물, 마족과 함께 마계의 문을 넘어왔던 존재가 바로 구각랑이다.

고증에 따르면, 그때의 구각랑은 별거 없었다고 한다.

그저 마계에 서식하는 늑대. 그 이상도 그 이하도 아니었다고 한다.

난세가 영웅을 만든다는 말을 이런 곳에 적용해도 될까 싶기도 하지만, 마물들에게 마계의 문이 열린 것은 말 그대로 난세가 펼쳐진 것과 다름이 없었다.

인간세상에서 인간을 먹고, 죽이고, 동족끼리도 서로 싸우고, 죽이는 일련의 행동들.

그 행동들 속에서, 마족들은 궤를 달리하여 중간계인 이곳의 생물들과 피가 섞이는 경우도 있었고, 자신의 혈통을 더욱 보강하는 경우도 있었다.

꼬리가 두 개인 귀여운 강아지인 루티에르 종이 피가 섞인 대표적 예라고 할 수 있다면, 그 반대의 경우가 구각랑이라고 할 수 있었다.

구각랑의 종은 중간계를 공격하고, 때로는 생물을 잡아먹으면서 그 혈통이 놀랍도록 상승했다. 하지만 혈통의 한계는 있었고, 아무리 강해졌다고 해서 늑대의 무리들이 마족을 당해 낼 수 있는 것은 아니었다.

마계에서, 힘과 위계질서는 철저했다. 올라가는 것에 한계가 없는 것 같다가도, 마물과 마족 사이에는 분명히 큰 벽이 존재한다.

하지만 중간계의 자유로운 환경이 그 위계질서를 크게 흔들었다.

강해진 늑대 무리들 중에서도, 특출 나게 중간계의 생물들을 포식하며 몸의 변화를 이룬 객체가 바로 그것이다.

어느 순간 그 늑대의 이마에는 뿔이 하나 돋아났고, 냉기를 발산하여 주변을 얼리는 일이 가능해졌다.

일각랑이 구각랑이 된 초유의 사태다.

일각랑은 동족이건 뭐건 닥치는 대로 잡아먹으며 긴 세월을 보냈고, 뿔은 하나에서 두 개로, 두 개에서 세 개로 불어났다.

결국 마족을 물어 죽인 최초의 마물이 되었다.

그때엔 이미 그 뿔이 9개가 되어 있었다.

마계의 문이 열려서 일어났던 10년간의 전쟁은, 인간과 유사인종의 손에 의해 끝난 것처럼 보인다.

하지만 그 이면에는, 닥치는 대로 마물과 마족을 사냥하여 자신의 힘을 크게 만든 구각랑이 존재한다.

"완전 팀킬인데?"

"팀킬?"

"아냐아냐. 계속 해."

"계속할 것도 없다. 마계의 문은 가까스로 닫혔다."

사실 마계의 문이 닫히면, 그곳에 있던 마물들은 소멸하게 되고, 마족들은 돌아갈 수 있게 된다. 고위급 마족들은 자신의 분신을 사용하여 중간계에 머물렀던 만큼 분신을 소멸시킴으로써, 본체로 돌아갈 수 있었다.

하지만, 구각랑은 그럴 수 없었다.

마계의 문이 닫히며 마물들이 소멸할 때에, 구각랑도 사실 같이 소멸해야 하는 마물의 신세였다.

하지만 소멸하기엔 구각랑이라는 마물의 크기가 너무 거대했다.

바닷물에 넣으면 금방 녹아내리는 각설탕이라도, 그 크기가 태산만큼 거대하면 바닷물 속에서도 녹아내리지 않고 한동안은 버틸 수가 있다.

그렇게 버티는 시간 동안, 구각랑은 대륙 각국을 돌아다니며 자연재해처럼 작용했다. 중간계의 것들을 먹으면 소멸하는 시간을 늦출 수 있으니, 구각랑은 정말 필사적이었을 것이다.

하지만 아무리 발악해도 한 번 태어난 생명은 반드시 한 번 죽는다.

그렇듯 구각랑 역시 긴 세월 끝에 소멸의 때를 맞이했다.

그리고 그때 나타난 것이 한 여인.

그 여인에 의해 구각랑은 봉인되었다.

그녀의 이름은 에리오르슈.

그것이 에리오르슈 가문의 시초다.

"알겠느냐? 우리 선조께서 구각랑을 봉인하셨다. 바로 사령의 보옥에 말이다."

"으음, 그런 건가."

사령의 보옥은, 에리카의 말을 빌리자면 감옥과도 같은 곳이다. 그리고 그 감옥에 가장 처음 속해 있던 것이, 바로 구각랑이다.

구각랑은 에리오르슈 가문의 사람들에 의해 제어되었고, 그곳에 들어오는 영혼들은 구각랑에게 굴복했다.

'그러니까, 감옥 안에 갇혀 있는 죄수들 중에 가장 최고참이라는 거잖아?'

학교로 말하자면 전교 1등이다.

물론 싸움으로 말이다.

서열 1위 구각랑에게 모두 굴복하고, 구각랑을 가장 잘 통제함으로써 다른 죄수들. 그러니까 다른 영혼들을 통제해 온 것이다.

"그리고 우리 가문은 철저하게 부서졌다. 창살이 사라지자 모든 영혼들이 뛰쳐나간 것이지. 하지만 구각랑은 그러지 않았나 보군. 사령의 보옥이라는 감옥 안에 남아 있었어."

그리고 그 사령의 보옥을 손에 넣은 이들이 연구를 진행했고, 그 연구 끝에 만들어 낸 아류가 바로 알스라는 것이다.

하지만 그 알스는 지금 구각랑을 통제하지 못하고, 서서히 구각랑에게 먹혀 가고 있는 것이고 말이다.

"감옥의 주인이 되었으면서도 죄수 하나 통제하지 못하다니. 참으로 알스라는 녀석은 바보 같은 녀석이로군."

"음……."

곰곰이 생각하던 경식이 고개를 저었다.

"아마 구각랑은 나가고 싶었던 게 아니라, 그 사령의 보옥 자체가 구각랑의 일부이지 않았을까 싶은데."

에리카가 노발대발 화를 냈다.

"헛소리! 사령의 보옥은 초대 선조이신 에리오르슈께서 만들어 낸……."

"어떻게?"

"……?"

"그러니까 어떻게 만들어 내셨냐고, 사령의 보옥을. 주웠나? 어디서?"

"……으잉?"

에리카는 자신의 기억을 더듬었지만, 생각나는 것이 없었다.

"내 몸에는 여우구슬이 있어서, 그것이 사령의 보옥 역할을 하고 있잖아? 그리고 뿔이 아홉 개 달린 늑대와…… 꼬리가 아홉 개 달린 여우. 너무 절묘하지 않아?"

"그 말인즉, 나와 너처럼 구미호와 구각랑도 운명공동체라는 말이더냐?"

"아니라고 말하기엔 너무……?"

"……헐. 대박. 진짠가?"

"그런 것 같은데."

말하고 나니 확실하다.

구미호와 구각랑 역시 운명공동체일 것이다.

그러니, 구각랑은 사령의 보옥에서 빠져나간 다른 영혼들과는 달리, 사령의 보옥이 자신의 것이기 때문에 나가지 못했던 것.

그러다가 알스의 손에 들어간 구각랑이, 통제법을 제대로 모르는 알스를 기만하고, 그의 육체를 조금씩 잠식해 들어가고 있다는 결과가 나온다.

"내 몸에서 사령의 보옥을 적출해 냈을 테니, 알스라는 녀석의 소속은 마도국이겠군."

"그리고 영혼을 찾아다니고 있는 중인 것 같은데?"

"흐음……."

고민하던 에리카가 진지하게 말했다.

"정말, 사령의 보옥을 쓰는 방법을 더 이상 배우지 않을 테냐?"

경식이 웃으며 말했다.

"난 사령의 보옥이 아니라 여우구슬을 쓰고 있어."

"그래도 쓰임새는……."

"사령의 보옥은 감옥이었지만, 이곳은 녀석들의 터전으로, 놀이터로 만들고 싶다."

"흥! 못된 녀석."

"슬슬 녀석들에게도 가 봐야겠네. 투마는…… 으음. 모르겠다. 어떻게든 되겠지."

"쉽지 않을 게야. 다루는 법을 모르면 말이다, 그리고……."

에리카가 짐짓 진지한 얼굴을 하며 말했다.

"구각랑이 알스라는 녀석을 먹는 것처럼, 너도 구미호라는 녀석에게 먹히지 않도록 각별히 주의하거라."

"그게 무슨……."

경식이 그런 말을 하려다가, 입을 다물었다.

"주의할게."

"그래."

"또 보자."

경식은 에리카에게 작별을 고하고 사라졌다.

에리카는 그런 경식을 바라보며, 어깨를 으쓱였다.

"저 녀석에게 영혼이 3개가 모였으니…… 가능할지도 모르겠군. 나만의 여행이……."

에리카는 빙긋 웃었다.

언제 찾아올지 모르는 경식을 기다리며, 그녀는 그녀 나름대로 무언가를 할 수 있으리라.

*   *   *

경식은 영혼들이 뛰놀고(?) 있는 곳으로 자리를 옮겼다.

그곳에는 회색 바람과 붉은 어금니. 그리고 투마가 있었다.

그런데 형국이 좀 이상하다.

서로 물어뜯지 못해 안달이던 회색 바람과 붉은 어금니가 쭈그려 앉아 무언가를 함께 하고 있었고, 멀리 떨어진 곳에서는 투마가 한가롭게 햇볕이나 쬐고 있었다.

경식이 그런 녀석들에게 손을 흔들었다.

"어이들! 나 왔어!"

"톨톨. 그렇군."

"취익! 왔는가. 그럼 언제 가는가! 취익!"

경식의 방문에도 회색 바람과 붉은 어금니는 건성으로 받아들이며 무언가에 열심히 골똘하고 있었다.

경식은 고개를 갸웃하며 둘에게로 다가갔다.

"헐. 지금 너희 오목 두고 있냐?"

일전에 경식이 바둑판과 바둑돌을 만들어서 선물해 준 적이 있었다. 그러고는 간단하게 룰도 설명해 줬다.

뭐, 오목의 룰이야 간단하다면 간단하니까 말이다.

그리고 두 영혼은 그 오목을 열심히 두고 있었다.

"취이익! 시끄러움! 집중이 안 되어 괴로움! 취이이익!"

회색 바람이 짜증이란 짜증은 다 내며 그리 말했다.

붉은 어금니는 득의양양한 미소를 지을 뿐 아무 말도 하지 않았다.

왜냐? 이기고 있으니까.

역시. 붉은 어금니가 회색 바람보다 머리가 좋은 모양이었다.

회색 바람이 어디에 둬야 할지 고민하고 있는데, 참 가관이다.

아무것도 막지 않은 상태에서 돌이 4개가 이어져 있는데, 그걸 당하고도 이 녀석은 고민을 하고 있었던 것이다.

"인마. 너 이미 졌잖아?"

"취이이익?"

"위를 막으면 아래가 비니까 5개가 되고, 아래를 막아도 위가 비니까 5개가 되잖아?"

"톨톨톨톨톨톨. 역시 오크는 멍청하다."

"취이이익! 왜 안 되는가! 두 개를 동시에 두면!"

"에이에이, 그건 반칙이지!"

"톨톨. 인정해.라. 네가 멍.청하다. 난. 똑똑하.다."

붉은 어금니는 승리의 도취해 있었다.

하지만 두고 있는 꼴을 보아하니 붉은 어금니 역시 거기서 거기라는 생각이 들었다.

"너도 비슷한 수준에서 좀 더 잘하는 것 같은데, 뭐."

"톨톨. 자신 있는.가? 한 번 해.볼 텐.가?"

"흘흘. 지금 최약체를 좀 이겼다고 나에게 대든다 이거지?"

경식이 회색 바람을 물리고 붉은 어금니와 마주했다. 붉은 어금니는 앉아 있지만 거대했기에 경식은 설 수밖에 없었다. 바둑판의 크기 역시 가로세로 2미터다.

덕분에 뭔가 더 판세가 잘 보이는 느낌이랄까?

"먼저 두시지요, 붉은 어금니 씨."

"톨톨톨톨. 후회하.게 될 거.다."

붉은 어금니는 씩 웃으며 검은 돌을 움직였다. 경식은 그에 대응하는 수를 썼고, 단 20합도 넘기지 못해서 붉은 어금니는 경식의 수에 말려들어 눈을 부릅떠야만 했다.

"이, 이럴 리가."

"뭐가 이럴 리가야? 당연히 내가 이기는 거지."

경식이 마지막 돌을 두어 5개를 이루어낸 후, 승리자의 미소를 지어 보였다.

그것을 본 회색 바람이 경식을 경외에 찬 눈빛으로 바라봤다.

"대, 대단하다! 취이이익!"

"……정말. 진지하게 지금 너 이런 걸로 날 경외에 찬 눈빛으로 바라보고 있는 거야?"

"취이익! 조금 전 보여 준 그 신의 한 수! 나에게도 전 수! 취이이익!"

회색 바람이 좋다고 폴짝폴짝 뛴다.

그 모습을 보니, 왠지 이 2미터의 거구가 귀엽다는 생각까지 들었다.

"훗. 전수를 해 달라고? 뭐 딱히 그런 게 있나? 하는 거 보면서 배우는 거지."

경식은 저 멀리에서 재미있다는 듯 경식과 회색 바람, 붉은 어금니를 바라보고 있는 시선과 마주쳤다.

투마였다.

투마는 드러누운 채 한쪽 팔로 머리를 이고선 피식 웃고 있다.

마치 텔레비전에서 나오는 예능 프로그램을 보는 아버지의 모습이랄까?

'여자니까 어머니려나.'

그저 아무 말 없이 비릿한 웃음을 짓고 있는데, 솔직히 썩 유쾌한 경험은 아닌 것 같다.

그때 붉은 어금니가 이를 갈며 눈을 부릅떴다.

"다시! 다시 한 번 하자!"

"에이. 똑같을 텐데……"

"우연.히 네가 이.긴 것뿐.이다!"

"아이고, 그러세요?"

라고 말하고 이번에는 15합을 내기 전에 경식이 이겨버렸다.

"토오오오오올!"

붉은 어금니는 절규했고,

"크크크크."

경식은 웃었다.

"취이이익! 취익 취이익!"

옆에서 보고 있던 회색 바람은 뭐가 그리 신기한지 존경어린 눈빛으로 경식을 바라보고 있었다.

역시.

쌍삼은 진리다.

*　　　*　　　*

그렇게 시간을 때우던 경식이 일어난 것은 그 이후로도 3
일이 지난 저녁쯤이었다.

"끄으으으."

경식이 한숨을 내쉬며 벌떡 일어나자, 뒤이어 거대한 소리
가 울려 퍼졌다.

"주인니이이이이임!"

불을 보듯 뻔하게도, 제이크였다.

"으아. 일어나자마자 기절할 뻔했잖습니까…… 여기는 어
딘가요?"

"내 저택일세. 드디어 일어났는가?"

문을 열고 고른 백작이 들어왔다. 그를 따라서 슈아 역시
함께 들어왔다.

경식은 그걸 보며 빙긋 웃었다.

"모두가 내가 깨어나기를 학수고대 하고 있지 않고서는 이
럴 수가 없지."

[제이크 목소리가 얼마나 큰지, 다들 깜짝 놀라서 모여든

것뿐이거든요.]

옆에서는 구미호의 말이 들려 왔다.

"끙. 꼭 그렇게 말해야겠어?"

—헐헐. 신경 쓰지 말게. 가장 노심초사 자네를 신경 쓴 사람이 바로 구 선생일세.

[그, 그건 네가 죽으면 여우구슬도 없으니까 그런 거지!]

괜히 불길의 색깔이 다홍색으로 빛나는 구미호였다.

그러거나 말거나, 경식은 슈아를 보며 말했다.

"마법 쓰느라 수고했어."

"그런 거야 얼마든지 쓰지. 오빠 몸이나 건사 잘 해. 일주일 동안 시체처럼 누워 있었으면서."

쌀쌀맞게 말하면서도 그리 기분이 나쁘지 않은 모양인지, 슈아는 작은 미소를 짓고 있었다.

"란시아 누나는 어디에?"

그 말에, 고른 남작이 피식 웃었다.

"3일쯤 전에 목격 현상금을 받고 떠나갔네."

"에이. 그래도 일어날 때까진 기다릴 줄 알았는데."

하긴, 란시아가 뭐 경식과 일행도 아니고, 아주 잠깐. 그것도 객관적으로 봤을 때는 좋은 사이로 거듭날 수 없을 정도로 악연이라 할 수 있겠다.

"3일도 오래 기다려준 걸세. 그녀는 원래 그런 사람이야.

대륙에서 아주 유명하지."

"음. 그렇군요."

그런데 언젠가 또 볼 것만 같은 기분이 드는 것은 왜일까?

'내가 좋아하나?'

그건 아닌 것 같기도 하고.

경식이 그런 생각을 할 때, 고른 남작이 조심스레 이야기를
꺼냈다.

"지금 영지는 축제 분위기라네. 물론 실제로 축제를 열지
는 못하는 상황이지만, 지긋지긋한 전쟁이 끝났으니 다행인
노릇이지. 그게 다 자네들. 아니, 특히 자네 때문이라네, 쿠
드."

그 말에 경식이 싱긋 웃었다.

"제가 해야 할 일을 했을 뿐인데요, 뭐."

맞다. 투마를 흡수해야 하니 당연히 해야 했던 일이다.

하지만 고른 백작은 그런 속사정을 알지 못한다. 그리고
안다고 하더라도 고마운 건 고마운 거다.

그래서 그 감사의 표시를 어떻게든 하고 싶어 하는 것이다.

"사례 역시 톡톡히 치르겠네. 아! 그리고 현상금에 관한 건
내가 이미 황실에 편지를 보내둔 상태이니 너무 신경 쓰지 말
게나. 다 잘 해결될 걸세. 자네들이 아니라, 그⋯⋯?"

고른 백작이 헷갈려 하자, 옆에 있던 슈아가 거들었다.

"알스와 테카르탄이요."

"아! 그래, 테카르탄 그 양반은 나도 기억을 하는데, 알스라는…… 그 사람 같지도 않은…… 허허허허. 아무튼 그런 이야기들을 모두 보고한 상태일세. 그러니 자네들의 누명은 곧 벗겨질 걸세."

"으음, 그건 참 다행…… 끄으으응."

경식은 상체를 일으킨 상태에서 인상을 찌푸리며 다시 드러누웠다. 역시나 몸이 무거웠다.

고른 백작이 의문을 표했다.

"그것참 이상하군. 분명 외상은 치료를 했는데 말일세."

경식이 쓰러지자마자 백작은 자신의 능력을 총동원해서 경식의 외상을 돌보는 데에 힘썼다. 슈아 역시 힐링 마법을 사용하여 경식을 치료 했다.

그러니 외상이 없어야 맞았다.

경식 역시 어디 한 군데 아픈 곳은 없었고 말이다.

헌데…….

"아니 딱히 어딘가 아픈 건 아닌데, 뭔가 되게 의욕이 없네요."

나른하다고 해야 할까, 우울하다고 해야 할까? 뭔가 가슴 한구석에 응어리가 지고 답답한 느낌이다.

제이크가 근심 어린 표정으로 그의 말을 받았다.

"마음의 상처가 심하십니다."

"마, 마음의 상처요?"

"그렇습니다."

하긴. 마음의 준비가 안 되어 진명을 쓰지 못한 적도 있는데, 그런 것을 많이 하다 보니 영혼에도 데미지를 입은 것이다.

"소울 브리딩을 하며 명상을 많이 하시면 되는 문제입니다. 좀 쉬시는 게 좋겠습니다."

그 말에, 고른 백작이 바로 대답했다.

"한 달이고 일 년이고 있어도 좋네. 자네들은 우리 영지의 은인이야!"

"그, 그래주시면 감사하죠."

솔직히 경식은 좀 쉬고 싶은 마음이 컸다.

경식은 안정을 취해야 했기에 모두가 방을 나갔고, 왕년노인 역시 요즘에 부쩍 제이크와 친해졌는지 제이크를 따라갔다.

이제 방에 남은 건 경식과 구미호뿐이다.

경식은 자신이 궁금한 걸 구미호에게 물어봤다.

"나랑 어떻게 접신이 됐었어?"

그 말에, 구미호가 빙긋 웃었다.

[꼬리가 3개가 되고, 네 영혼의 그릇이 커져서 가능했던 거

야.]

"원래 이런 게 가능했어?"

[그럼~ 가능했지. 영영 못할 줄 알았는데, 나도 좋은 경험
이었어. 헤헷.]

구미호가 그리 말하면서 좋아 죽는다. 아무래도 '육체'가
느끼는 촉감, 시각 등을 간접체험이 아닌, 직접적으로 경험을
해서 그것이 기쁜 모양이었다.

"앞으로도 사용할 수 있는 거야?"

[흐음~ 글쎄? 아마 많은 숙달이 필요할걸? 그리고 사실
유지시간도, 5분이 한계일 거야. 잘 쓰면 10분?]

"그것도 역시 내 경지가 올라가면 올라갈수록?"

[그렇겠지? 아마 네가 말하는 마음의 준비 같은 게 필요할
거야. 왜 탤런트들이 눈물연기 연습하잖아? 그런 거랑 비슷
할걸?]

우는 연기를 하려면 눈물을 보여야 한다. 그런데 그것을
익히고 연습하지 않으면, 자신이 원하는 때에 울음을 터뜨릴
수가 없다.

비슷한 거다. 원하는 상황에서 언제든 구미호와 접신할 수
있다면 얼마나 좋을까마는, 그러기엔 아직 경식이 많이 부족
했다.

경식은 자신의 미간을 짚어 보았다.

매끈했던 미간에는, 다이아몬드 형태의 점 같은 것이 불룩 튀어나와 있었다.

　뭔가 낙인 같은 느낌이다.

　"이게 뭐지?"

　[아아, 그거? 나랑 처음 접신을 해서 그런 걸 거야. 내가 거기로 처음 들어갔으니, 그곳에 표식이 남은 거지. 앞으로는 좀 더 접신하는 방식이 수월해질 걸? 네 몸에도 약간 변화가 있을지 모르고.]

　"……."

　구미호의 말에, 경식의 표정이 아주 약간 심각해졌다.

　"미호야."

　[으응? 웬일이야 나를 그렇게 부르고?]

　순진무구한 미호를 앞에 두고, 경식은 자신이 생각하는 바를 말하지 못했다.

　"아니야, 아무것도."

　[싱겁긴? 뭐야. 뭔데뭔데. 뭔데에~]

　"아니라니까 그러네."

　경식은 구미호도 느끼지 못할 만큼 긴밀하게, 속으로 생각했다. 접신을 할수록 구미호와의 동화율이 올라가고, 결국엔 알스처럼……?

　'에이, 아니겠지.'

[뭐가 아닌데?]

"왜 속마음까지 읽고 그래?"

[얘 뭔가 이상하네?]

구미호의 추궁이 이어졌지만, 경식은 끝끝내 자신이 걱정하는 부분을 말하지 않았다.

저 순진무구한 표정의 구미호를 의심하고 싶지 않아서다.

괜찮겠지.

"달이 참 밝네."

경식이 화제를 돌렸다.

구미호는 약간 서운했지만, 순순히 화제를 넘겨주었다.

[그러네. 밝고 예쁜 보름달이네.]

달은 참 예쁘고 아름다웠다.

*　　　*　　　*

경식과 구미호만 그 달을 바라보고 있는 것은 아니었다.

제국의 수도를 등진 채 걸어가는 한 남성 역시 그 달을 바라보고 있었다.

"달이 밝아야, 주신의 태양이 더욱 찬란해 보이는 법. 주신이시여, 오늘도 역시 당신의 그림자에서 활동할 수밖에 없는 제가, 기도를 드립니다."

그가 무릎을 꿇고 손을 모았다.

말 그대로 기도였다.

눈을 감은 그는, 자신이 이번에 맡은 임무를 주신의 그림자인 보름달에게 하소연하듯 고했다.

"황제께 직접 불려갔습니다. 그리고, 역시나 막중한 임무를 받았지요. 그 어리석고 오만한 에리오르슈의 잔당들을 처리하라는 임무였습니다. 그들을 제거하여, 그 더러운 피를 당신이 보지 않는 지하에 둠으로써 당신께 경배할 것입니다. 대상은 마도국의 2황자, 알스 슈비츠."

그러더니 네 번째 손가락에 끼워진 붉은 반지에 입을 맞춘 후 다시금 말을 이어 갔다.

"그리고, 에리오르슈 쿠드라고 합니다."

그의 이름은 아그츠 헤렘.

제국의 국교인 헤렘교단의,

수석 이단심문관이었다.

〈다음 권에 계속〉

DREAMBOOKS★

DREAMBOOKS★

DREAMBOOKS★

DREAMBOOKS★